《诗词大赛系列宝典》丛书

成语飞花令

谢兆文　温志拔
◆ 编著 ◆

海峡出版发行集团
海峡文艺出版社

编委会

前言

文化是民族的血脉，是人民的精神家园。2017年，党的十九大指出：“要坚定文化自信，推动社会主义文化繁荣兴盛。”2017年，中共中央办公厅、国务院办公厅印发的《关于实施中华优秀传统文化传承发展工程的意见》指示：“组织实施中华经典诵读工程，通过开展经典诵读、书写、讲解等文化实践活动，挖掘与诠释中华经典文化的内涵及现实意义，引领社会大众特别是广大青少年更好地熟悉诗词歌赋、亲近中华经典，更加广泛深入地领悟中华思想理念、传承中华传统美德、弘扬中华人文精神。”

2016年以来，教育部、国家语委联合中央电视台相继举办了四届《中国诗词大会》，并在中央电视台综合频道黄金时段播出。尤其在第二届以后，活动内容逐渐升级，增设了“飞花令”“诗词接龙”等富有知识性的对抗环节。创新的方法手段，激发了全社会对古诗词情感的共鸣，使广大群众特别是广大青少年进一步熟悉诗词歌赋、亲近中华经典。

今天走进中小学校，时常会看到学生利用课余时间开展“飞花令”“诗词接龙”等文学活动。为此，一线教师迫切需要一套“接地气”的有关用书，方便指导学生阅读，提高学生古诗词的阅读量。中华诗词浩如烟海，如在唐宋诗词经典版本中，含有“人”字的就多达5万多句；在宋词中“东风”一词就有1300多句。这些名句若一一列举，既不可能，也不现实。为此，我们尝试通过“举隅”的方式精选其中一二，编写一套诗词“飞花令”“超级飞花令”“成语飞花令”与“诗词接龙”系列丛书，让诗词爱好者通过阅读，力求达到“举一反三”，拓宽视野。

福建省宁德市教育局曾根据中央电视台播出的《中国诗词大会》题库，组织人员认真研究，结合中小学实际，编写了一套诗词大会辅导资料，从2017年开始供本市中小学内部使用；2018年又把它作为宁德市学生参加中央电视台第四届《中国诗词大会》“百人团”选手的辅导资料，颇有成效。2019年初，中央电视台第四届《中国诗词大会》节目播出后，有关负责同志再一次组织人员对该资料进行归类整理，并邀请福建、浙江、广东、湖北、江苏、河北、广西、重庆、新疆、山东和宁夏11个省/自治区的一线中小学教师进行充实完善，形成今天这套用书。在编写过程中，我们力求做好以下几个方面：

第一，关于寻章摘句。突出“两个重点”，兼顾“唐前宋后”。“两个重点”，即以中小学生新课标规定必背的古诗词和唐宋诗词为重点。“唐前”主要指《诗经》《楚辞》、汉魏六朝诗；“宋后”主要指元明清和少量的现代人创作的旧体诗。现代诗中毛泽东作品占有较大比例。

第二，关于“飞花令”。借鉴中央电视台第四届《中国诗词大会》“横扫千军”的模式，利用大数据库，选择唐宋诗词高频字200多个，每个高频字后列举的诗词不少于24句，与会选手只要掌握24句诗词就能够“绝地反击”。编入书中的诗句尽量避开艰深晦涩的语言，力求采用比较浅易的名篇名句。如“春风又绿江南岸，明月何时照我还”，就包含了“春”“月”“绿”“春风”“明月”这些高频字，在“飞花”时，记住这一句就可以回答不相同的五个高频字“飞花”。

第三，关于“超级飞花令”。“超级飞花令”一书共选择180多个关键词或词组，主要是唐宋诗词，其中包含灵活多样的“组合”，如：春风、杨柳、安能、江上、数字+年、数字+月、数字+花、反义词等，每个关键词后列举不少于24句诗词。为了避免个别关键词重复，有些高频词（或组合）不单独列入，而是采取“包含”列入，如：“去年”这个词，后面列举的诗句均包含“去年今日”。选手只要掌握“去年”词条下的诗句，就一并掌握了含“去”“年”“今”“日”“今日”“去年+今日”这些高频字词的诗句。

第四，关于“成语飞花令”。根据中央电视台第四届《中国诗词大会》“成语飞花令”的规则，只要诗句中有包含成语或含成语多数字的均可“飞花”。我们选择了100多个成语，分布在60篇古诗词中，并以《成语飞花令》单独成册，目的是通过学习这些“成语飞花令”让选手不仅掌握成语，而且理解整首古诗词。为此，我们对每个成语进行释义，对每首古诗词简单赏析。

第五，关于“诗词接龙”。根据中央电视台第四届《中国诗词大会》“诗词接龙”的规则，只要同音字均可接龙，我们根据商务印书馆出版的《古代汉语词典》（第二版）和《现代汉语词典》（第7版）音节表，每个音节下面收录1至10不等的诗词句，选手只要掌握该音节下一句古诗词，就可以无障碍接龙。但我们在诗词经典诗句收录过程中，发现1300多个音节中有30多个无该音节冠顶句。如：chào（仦）、chuái（膗）、dáo（捯）、dèn（扽）、diǎo（扚）、diū（丢）、ēng（鞥）、gùn（棍）等，这些在诗词中无冠顶句的音节不再列入。有些冠顶字整句紧承上句，缺上句难以理解。对这类情况，采取上文加括号予以补足。如以“棒”冠顶的“棒喝如今总不亲”，为了便于理解，必须引录上文“思量何物堪酬对”，并以括号标明。

由于缺乏编辑经验并限于水平，本书必有许多疏漏之处，恳请专家、学者、老师和广大读者批评指正。

编者

2019年4月

目录

yǎo tiǎo shū nǚ
窈 窕 淑 女

释义：美丽善良的女子。

jūn zǐ hǎo qiú
君 子 好 逑

释义：男子追求的好配偶。

zhǎn zhuǎn fǎn cè
辗 转 反 侧

释义：形容由于思念很深或心中有事，躺在床上翻来覆去地睡不着。

诗经·周南·关雎

关关雎鸠，在河之洲。
窈窕淑女，君子好逑。

参差荇菜，左右流之。
窈窕淑女，寤寐[1]求之。

求之不得，寤寐思服。
悠哉悠哉，辗转反侧。

参差荇菜，左右采之。
窈窕淑女，琴瑟友之。

参差荇菜，左右芼[2]之。
窈窕淑女，钟鼓乐之。

【注释】

1. 寤寐（wù　mèi）：醒和睡，这里指日日夜夜。

2. 芼（mào）：择取，挑选。

【赏析】

一只雎鸠鸟在轻声鸣叫，好像在寻找他的伙伴。河边的一位男子，听见这叫声，心潮也开始涌动：我钟爱的美丽女子啊，你在哪里？河里参差不齐的荇菜啊，我从左到右去捞它，那美丽贤淑的女子，我日思夜想地追求你。追求不到，让我日夜思念你，翻来覆去睡不着。河里参差不齐的荇菜啊，我从左到右去采它，那美丽贤淑的女子，我弹起琴瑟来亲近她。参差不齐的荇菜啊，我从左到右去摘它，那美丽贤淑的女子，我敲起钟鼓让她乐开怀。

忧心忡忡

yōu xīn chōng chōng

释义：形容十分忧愁。

诗经·召南·草虫

喓喓草虫，趯趯[1]阜螽[2]。
未见君子，忧心忡忡。
亦既见止，亦既觏[3]止，我心则降。
陟彼南山，言采其蕨。
未见君子，忧心惙惙。
亦既见止，亦既觏止，我心则说。

陟彼南山，言采其薇。
未见君子，我心伤悲。
亦既见止，亦既觏止，我心则夷。

【注释】

1. 趯趯（tì）：昆虫跳跃状。
2. 阜（fù）螽（zhōng）：蚱蜢。
3. 觏（gòu）：遇见。

【赏析】

听着蝈蝈在鸣叫，看着那蚱蜢在蹦跳，还没见到君子时，心中不免忧愁又焦躁。见着他时，焦躁的心才又平静。登上高高的南山头，采摘鲜嫩的蕨菜叶。还没见到君子时，心中不免忧思凄切。见着他时，凄切的心才变得喜悦。登上高高的南山顶，采摘鲜嫩的薇菜苗。还没见到君子时，心中不免悲伤和烦恼。见着他时，烦恼的心才归于平复。

sù xīng yè mèi

夙兴夜寐

释义：早起晚睡，辛勤劳作。

xìn shì dàn dàn

信誓旦旦

释义：誓言说得很诚恳的样子。

诗经·卫风·氓

氓之蚩蚩，抱布贸丝。
匪来贸丝，来即我谋。
送子涉淇，至于顿丘。
匪我愆期，子无良媒。
将子无怒，秋以为期。

乘彼垝垣①，以望复关。
不见复关，泣涕涟涟。
既见复关，载笑载言。
尔卜尔筮，体无咎言。
以尔车来，以我贿迁。

桑之未落，其叶沃若。
于嗟鸠兮，无食桑葚。
于嗟女兮，无与士耽。
士之耽兮，犹可说也。
女之耽兮，不可说也。

桑之落矣，其黄而陨。
自我徂尔，三岁食贫。
淇水汤汤，渐车帷裳。
女也不爽，士贰其行。
士也罔极，二三其德。

三岁为妇，靡室劳矣。
夙兴夜寐，靡有朝矣。
言既遂矣，至于暴矣。
兄弟不知，咥[2]其笑矣。
静言思之，躬自悼矣。

及尔偕老，老使我怨。
淇则有岸，隰[3]则有泮。
总角之宴，言笑晏晏。
信誓旦旦，不思其反。
反是不思，亦已焉哉。

【注释】

1. 垝（guǐ）垣（yuán）：倒塌的土墙。

2. 咥（xì）：讥笑的样子。

3. 隰（xí）：低洼潮湿的地方。

【赏析】

在一次集市上，一个男子以买丝为名，嬉皮笑脸地向一位女子吐露爱情，可怜那单纯的女子看不透他的本性，在秋天里嫁给了他。从此以后，女子把全部的感情，朝思暮想，都献给了丈夫，献给了家庭，希望爱情永远美好甜蜜。可是她所有的真心都换不回男人的忠诚。当她在时光侵袭下芳颜不再之时，丈夫对她一天天冷漠，变得越来越冷酷无情。最终，女子就像婚前怀着炽热的深情，勇敢地冲破了世俗的束缚一样，再一次选择决然地离开，离开这个让她绝望的男人和冰冷的家庭。

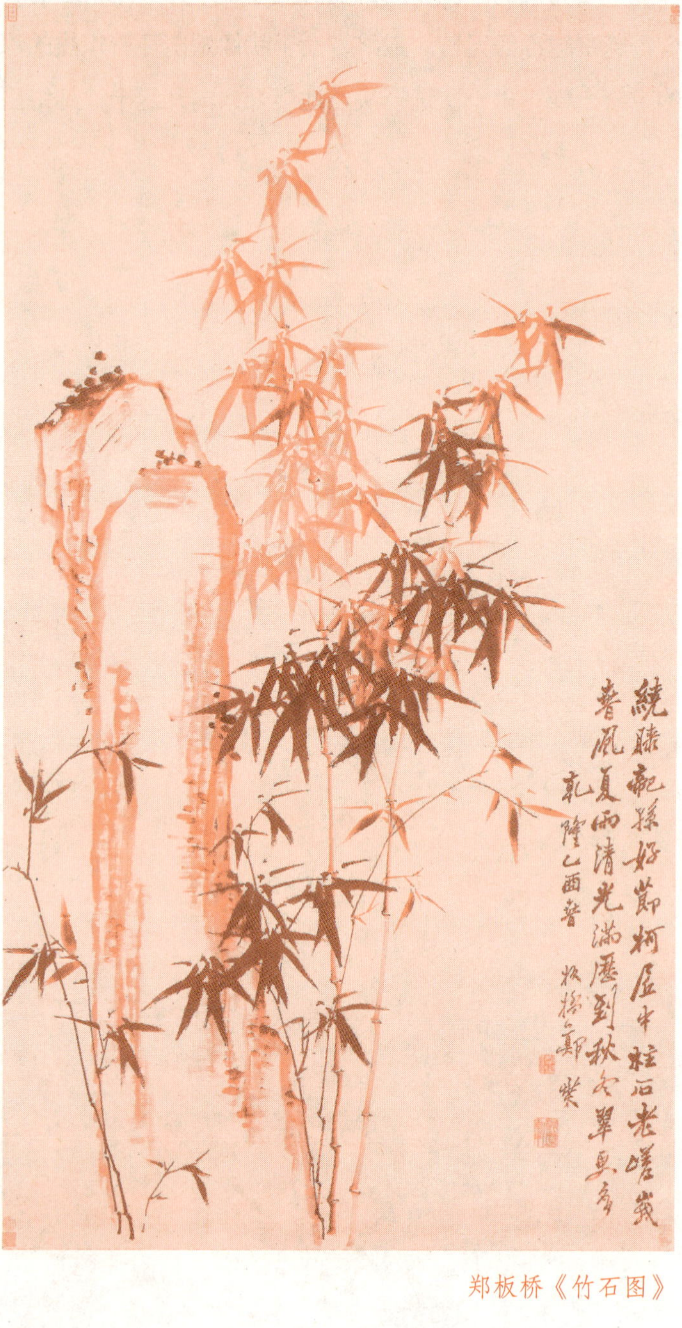
郑板桥《竹石图》

一日三秋

yī rì sān qiū

释义：一天不见面，就像过了三个季节，形容思念爱人的心情非常迫切。

诗经·王风·采葛

彼采葛[1]兮，一日不见，如三月兮。
彼采萧[2]兮，一日不见，如三秋兮。
彼采艾兮，一日不见，如三岁兮。

【注释】

1. 葛：葛藤，一种蔓生植物，根可食，茎可制纤维。
2. 萧：即艾蒿，有香气，古时用于祭祀。

【赏析】

正在热恋中的情人，哪个不希望长相厮守、耳鬓相磨？分离就是最大的痛苦。我那个每天辛勤劳作，采集葛藤、艾蒿、艾草的姑娘，一天见不到她，就好像熬过三月、三秋，甚至三年那么久啊！在秋风萧瑟之中，我反复吟诵，时光是如此的漫长，让我在思念中慢慢煎熬，越来越哀伤！

风雨凄凄
fēng yǔ qī qī

释义：风雨交加，清冷凄凉。

风雨如晦
fēng yǔ rú huì

释义：风雨交加，天色昏暗，形容局势危险严重。

诗经·郑风·风雨

风雨凄凄，鸡鸣喈喈[1]。
既见君子，云胡不夷？

风雨潇潇，鸡鸣胶胶。
既见君子，云胡不瘳[2]？

风雨如晦，鸡鸣不已。
既见君子，云胡不喜？

【注释】

1. 喈（jiē）：鸡鸣声。

2. 瘳（chōu）：病愈，这里是愁思萦怀的心病消除。

【赏析】

风凄凄地刮，雨凄凄地下，鸡喈喈地鸣叫，悲伤凄凉之时见到君子，怎能不心旷神怡？风萧萧地刮，雨潇潇地下，鸡胶胶地在叫，悲伤凄凉之时见到君子，心病怎会不全消？风雨之夜昏天黑地，窗外的鸡，不停地叫。在这风雨交加之时见到君子，心里怎能不欢喜？

七月流火（qī yuè liú huǒ）

释义：指夏去秋来，天气转凉。

万寿无疆（wàn shòu wú jiāng）

释义：祝贺长辈健康长寿。

诗经·豳风·七月

七月流火，九月授衣。
一之日觱发[①]，二之日栗烈。
无衣无褐，何以卒岁？
三之日于耜[②]，四之日举趾。
同我妇子，馌[③]彼南亩，田畯[④]至喜。

七月流火，九月授衣。
春日载阳，有鸣仓庚。
女执懿筐，遵彼微行，爰求柔桑。
春日迟迟，采蘩祁祁。
女心伤悲，殆及公子同归。

七月流火，八月萑苇[⑤]。
蚕月条桑，取彼斧斨[⑥]。
以伐远扬，猗彼女桑。
七月鸣鵙，八月载绩。
载玄载黄，我朱孔阳，为公子裳。

四月秀葽[7]，五月鸣蜩。
八月其获，十月陨萚[8]。
一之日于貉，取彼狐狸，为公子裘。
二之日其同，载缵[9]武功。
言私其豵[10]，献豜[11]于公。

五月斯螽[12]动股，六月莎鸡振羽。
七月在野，八月在宇，九月在户，
十月蟋蟀入我床下。
穹窒[13]熏鼠，塞向墐户[14]。
嗟我妇子，曰为改岁，入此室处。

六月食郁及薁[15]，七月亨葵及菽。
八月剥枣，十月获稻。
为此春酒，以介眉寿。
七月食瓜，八月断壶。
九月叔苴，采荼薪樗，食我农夫。

九月筑场圃，十月纳禾稼。
黍稷重穋，禾麻菽麦。
嗟我农夫，我稼既同，上入执宫功。
昼尔于茅，宵尔索綯。亟其乘屋，其始播百谷。

二之日凿冰冲冲，三之日纳于凌阴。
四之日其蚤，献羔祭韭。
九月肃霜，十月涤场。
朋酒斯飨，曰杀羔羊，跻彼公堂。
称彼兕觥[16]，万寿无疆！

【注释】:

1. 觱（bì）发（bō）：寒风吹起。

2. 耜（sì）：耕田翻土的农具。

3. 馌（yè）：给地里干活的人送饭。

4. 田畯（jùn）：古代的农业官员。

5. 萑（huán）苇：芦苇。

6. 斨（qiāng）：方孔的斧头。

7. 葽（yāo）：一种多年生蔓草。

8. 陨萚（tuò）：陨萚：落叶。

9. 缵（zuǎn）：继续。

10. 豵（zòng）：一岁小猪，泛指小动物。

11. 豜（jiān）：三岁的猪，泛指大动物。

12. 斯螽（zhōng）：蚱蜢。

13. 穹（qióng）窒（zhì）：清除堵塞。

14. 墐（jìn）户：用泥涂抹柴门，避免冷风吹进屋子。

15. 薁（yù）：一种藤本植物，也叫野葡萄。

16. 兕（sì）觥（gōng）：古代用兽角做的酒器。

【赏析】:

九月里妇女准备桑麻，织造冬衣，要不到了冬天，农夫们连粗布衣衫都没有，怎么过冬？冬去春来，他们又开始下地耕作。老婆孩子到田头送饭，田官们看见他们卖力劳动，都很高兴。明媚的春光里，农妇们背着筐，结伴去采桑，但心中又担忧被贵族公子欺负，劳动果实被占有。一年里，辛劳的农夫们还要打猎，为公子做皮衣、献野味。各种昆虫伴随着四季变化，农人们也随着季节变换，献上不同的收成。尽管十分辛苦，到了年终，总还能为家人献上美酒佳肴，愿他们健康长寿。这男耕女织的生活还算温馨幸福啊！

徐杨《牡丹山鹧》

jué shì dú lì
绝世独立

释义：形容不同凡俗的美貌女子。

qīng chéng qīng guó
倾城倾国

释义：形容女子容貌非凡，令人倾倒。

佳人曲

［汉］ 李延年

北方有佳人，绝世而独立。

一顾倾人城，再顾倾人国。

宁不知倾城与倾国？佳人难再得。

【小传】

李延年，生平不详，西汉音乐家，西汉元鼎五年（公元前 112 年）前后为汉武帝所用。武帝宠妃李夫人的哥哥。

【赏析】

北国有一位举世无双的美人，她娴静优雅、气质不凡，无人能及。她回头一望的娇媚容颜，足以令所有人倾倒，哪怕灭亡一座城、一个国家，也在所不惜。国家城市可以再建，这样迷人的美女，却实在是可遇不可求啊！

秉烛夜游

bǐng zhú yè yóu

释义：比喻及时行乐。

古诗十九首·生年不满百

［汉］佚名

生年不满百，常怀千岁忧。
昼短苦夜长，何不秉烛游！
为乐当及时，何能待来兹？
愚者爱惜费，但为后世嗤。
仙人王子乔，难可与等期。

【赏析】

生命是如此短暂，多少人希望自己能万古长存！长生不老是虚幻的，努力让有限的生命焕发光彩，才更有价值。不要让自己华美的生命，浪费在漫漫长夜和无聊的睡梦中。即使黑夜到来，也要举着灯烛，照亮生命幽暗，去寻找真正的美好和富有意义的人生。在生命终点到来之前，尽快发现生命饱满的欢乐，及时沉醉在踏实厚重的人生作为之中吧，因为生命如长河，从来不会倒流。那些总在追求又吝啬钱财的人，是多么愚蠢可笑；而那些整天想要修炼死后成仙的人，又是多么虚幻不智，无法通达理解生命的真正价值！

如胶似漆

rú jiāo sì qī

释义：形容感情深厚，难舍难分。

古诗十九首·客从远方来

［汉］佚 名

客从远方来，遗我一端绮[1]。
相去万余里，故人心尚尔。
文采双鸳鸯，裁为合欢被。
著以长相思，缘[2]以结不解。
以胶投漆中，谁能别离此？

【注释】

1. 绮：绫罗一类的丝织品。

2. 缘：饰边，镶边。

【赏析】

一位客人从远方风尘仆仆赶来，送来万里之外夫君捎来的织有绚丽图案的绸缎。这每一丝每一线，都饱含着夫君对我的无尽关切和惦念之情！特别是上面绣着两只恩爱美丽的鸳鸯鸟，表达了我们长相厮守、一生幸福的海誓山盟。我要将它做成温暖的合欢被，里面装入柔软的棉芯，还要用丝线装饰被子的边缘，寄托我对夫君的全部思念，希望我们不解的因缘，万代绵长，就像胶和漆一样，把我们黏合在一起，看谁还能将我们分开？夫妻恩爱、家人团圆幸福，长久以来，都是我们中国人心里最朴实的愿望啊。

duì jiǔ dāng gē
对酒当歌

释义：面对着美酒，慨叹人生短暂，希望有所作为。

yuè míng xīng xī
月明星稀

释义：月光明亮时，星星显得稀疏。

zhōu gōng tǔ bǔ
周公吐哺

释义：形容在位者礼贤下士的精神品质。

短歌行

［三国魏］ 曹 操

对酒当歌，人生几何！
譬如朝露，去日苦多。
慨当以慷，忧思难忘。
何以解忧？唯有杜康。
青青子衿[①]，悠悠我心。
但为君故，沉吟至今。
呦呦鹿鸣，食野之苹。
我有嘉宾，鼓瑟吹笙。
明明如月，何时可掇？
忧从中来，不可断绝。
越陌度阡，枉用相存。

契阔谈谦，心念旧恩。
月明星稀，乌鹊南飞。
绕树三匝，何枝可依？
山不厌高，海不厌深。
周公吐哺，天下归心。

【小传】

曹　操（155—220），字孟德，小名阿瞒，沛国谯县（今安徽省亳州市）人。东汉末至三国时期著名政治家、军事家、文学家。

【注释】

1. 青衿：周代读书人的服装，代指有学识的人。

【赏析】

欢快的宴会上，品尝杜康美酒，却忍不住诉说萦绕心中的人生慨叹，人生短暂，就像早晨的露珠，转瞬即逝。在这短暂的人生中，实现统一天下，复归和平，是最美好的愿景。但是这靠谁去实现呢？当然是包括宴会上的诸位在内的天下贤能雅士，这才是诗人心中长久沉吟思虑的问题：希望天下英雄，都聚集在我的麾下，我将奏瑟吹笙迎接你们。你们就像夜空中的明月，我什么时候能有幸延揽你们入怀？我心中这深深的忧思，绵绵不绝，希望四方的豪杰，纵横千里，屈尊前来，高谈豪饮，畅叙理想壮志，重温往日恩情，正如月明星稀之夜，寻巢乌鹊都找到他们的安顿之所。我将像巍峨的高山、广阔的大海一样，不辞一块土石，不弃一滴溪流。只愿自己如周公一般礼贤下士，只愿天下英杰都真诚相待。

lǎo jì fú lì
老骥伏枥

释义：比喻人虽年老，仍有雄心壮志。

zhì zài qiān lǐ
志在千里

释义：形容志向远大。

zhuàng xīn bù yǐ
壮心不已

释义：有抱负的人到了晚年，雄心壮志仍不衰减。

龟虽寿

［三国魏］ 曹 操

神龟虽寿，犹有竟时。
螣[1]蛇乘雾，终为土灰。
老骥伏枥，志在千里；
烈士暮年，壮心不已。
盈缩之期，不但在天；
养怡之福，可得永年。
幸甚至哉，歌以咏志。

【注释】

1. 螣（téng）蛇：传说中一种能飞的蛇。

【赏析】

乌龟虽然长寿，也有死亡的时候；螣蛇尽管能乘雾飞行，也难免死后化为土灰。生命的意义不在其长短，不管多么长寿，总有尽头。你看那马厩里的老马，虽然年老体衰，心中却怀着驰骋千里的志向，就像抱负远大的贤士，到了生命的晚年，仍存奋发有为的壮志雄心。寿命的长短，不只是自然生命的延续时间长短，更决定于心灵世界是否拥有丰厚的怡养，那才是真正的永恒幸福。每念及此，心中不禁诗情涌动，吟唱一曲，以表明心志。

xiāng jiān hé jí
相 煎 何 急

释义：比喻亲人之间的自相残害。

七步诗

［三国魏］ 曹 植

煮豆燃豆萁[1]，豆在釜中泣。

本是同根生，相煎何太急？

【小传】

曹 植（192—232），字子建，沛国谯县（今安徽省亳州市）人。曹操第四子，生前曾为陈王，去世后谥号“思”，因此又称陈思王。三国时期著名文学家，建安文学的著名代表。

【注释】

1. 萁（qí）：豆茎。

【赏析】

锅里煮着豆子，锅底下燃烧的，却是豆茎。豆子在锅里面哭泣哀号：豆茎啊，你和我本来是同一条根上生长出来的，你为什么要燃烧得这么旺，要如此急迫地煎熬我呢？全诗生动形象、深入浅出地表达了亲人之间的自相残害的惨状和诗人的沉郁愤激之情。

赵之谦《牡丹》

视死如归
shì sǐ rú guī

释义：形容为了正义的事业而不怕牺牲。

白马篇

［三国魏］ 曹 植

白马饰金羁，连翩西北驰。
借问谁家子，幽并游侠儿。
少小去乡邑，扬声沙漠垂。
宿昔秉良弓，楛矢[1]何参差。
控弦破左的，右发摧月支[2]。
仰手接飞猱[3]，俯身散马蹄。
狡捷过猴猿，勇剽若豹螭[4]。
边城多警急，虏骑数迁移。
羽檄从北来，厉马登高堤。
长驱蹈匈奴，左顾凌鲜卑。
弃身锋刃端，性命安可怀？
父母且不顾，何言子与妻！
名编壮士籍，不得中顾私。
捐躯赴国难，视死忽如归！

【注释】

1. 楛（hù）矢（shǐ）：用楛木做成的箭。

2. 月支：箭靶的名称。

3. 飞猱（náo）：飞奔的猿猴。

4. 螭（chī）：传说中形状如龙的黄色猛兽。

【赏析】

边塞的游侠骑士，年纪轻轻就离别了家乡，驾着白马奔向西北，到边塞建功立业。弓箭不离身，一身好武艺，拉满弯弓，左右射击。他们简直比猿猴还灵巧敏捷，又像虎豹猛兽一样勇猛异常。每当国家边疆战火燃起，敌人来犯，告急信从北方飞驰传来，这些勇敢的骑士便驱驰战马奔向前线，紧随大军扫平匈奴、抵挡鲜卑。战场上，他面对刀剑，奋勇拼杀，视死如归。他们抛家别子，忘掉个人荣辱得失，不顾危难，奋勇杀敌，为国捐躯，名列史册。

火树银花

huǒ shù yín huā

释义：形容灯光和烟火灿烂绚丽。

正月十五夜

［唐］　苏味道

火树银花合，星桥铁锁开①。
暗尘随马去，明月逐人来。
游伎皆秾李，行歌尽落梅。
金吾②不禁夜，玉漏莫相催。

【小传】

苏味道（648—706），赵州栾城（今河北省栾城县）人。9岁能作诗，初唐诗人，与杜审言、崔融、李峤并称为“文章四友”。

【注释】

1. 铁锁开：比喻京城开禁。
2. 金吾：掌管京城戒备的金吾卫，禁止人员夜间行走的官名。

【赏析】

元宵节这天，宵禁一年的夜晚终于开放了，都城大街小巷，张灯结彩，到处都是灿烂绚丽的灯光和焰火。洛阳城内，人潮汹涌，街道上到处都是车马飞驰所扬起的灰尘，月光洒遍每个角落，人们随处都可以欣赏当空皓月。月光灯影下，花枝招展、浓妆艳抹的歌伎们，一面走一面吟唱着动人的乐曲《梅花落》。京城难得取消了夜禁，计时的玉漏啊，你慢些走吧，别让这一年只有一次的元宵之夜，匆匆过去。美好的时光，总是来去匆匆，正因为它是如此短暂，也才越发美好。

吴历《拟古脱古图》

物换星移
wù huàn xīng yí

释义：感叹时光飞逝，事物在变化，物是人非。

滕王阁诗

［唐］王 勃

滕王高阁临江渚，佩玉鸣鸾罢歌舞。
画栋朝飞南浦云，珠帘暮卷西山雨。
闲云潭影日悠悠，物换星移几度秋。
阁中帝子今何在？槛①外长江空自流。

【小传】

王 勃（650—676），字子安，绛州龙门（今山西省河津市）人，出身儒学世家，与杨炯、卢照邻、骆宾王并称为“初唐四杰”。

【注释】

1. 槛（jiàn）：栏杆。

【赏析】

巍峨高耸的滕王阁，耸立在江边。极目远眺，天地无限宽广；低头俯瞰，江水奔流翻滚。想当年，建阁的滕王在这里举行盛会，众多宾客无不坐着豪华的马车，同赴嘉宴，饮酒作诗，多么美好！可如今还会有谁来这里游赏呢？只有四周飘飞的云，绕着这雕梁画栋；只有西山的寒雨，日夜与它为伴。纵有多少豪情万丈，美好欢愉，时过境迁，都终将消失不见，只留下云彩孤独的倒影，伴着平静的江水，日复一日悠然地漂浮着。时光飞逝、物是人非，昔日高阁中的主人，如今早已经无处可寻，只留下栏杆之外的长江，依然永不停息地奔流向前。

bīng xīn yù hú
冰 心 玉 壶

释义：比喻人的纯洁清白的情操。

芙蓉楼送辛渐

［唐］ 王昌龄

寒雨连江夜入吴，平明送客楚山孤。
洛阳亲友如相问，一片冰心在玉壶。

【小传】

王昌龄（698？—757），字少伯，京兆万年（今陕西省西安市）人。盛唐著名边塞诗人，擅长创作七言绝句，有“七绝圣手”之称。

【赏析】

在这个冷雨洒满江天的夜晚，诗人来到吴地，尽管天气寒冷，和相知的朋友在一起，饮酒赋诗，却是这人世间难得的温情，可以驱走浓浓的凉意。这份难以割舍的真情，化成一夜的美酒欢愉，直到第二天清晨，才重新清醒：离别终要到来，这连夜的冷雨好像一张无边无际的愁网，空气中弥漫着离别的愁绪，我们终将回到各自的孤独之中。送走了好友，我就像远处的山峰，只留下孤独的身影。但是，不管这世间有多少悲苦磨难，人有多么孤独寂寥，我仍将坚守心中的信念：如果有洛阳的亲友问起我的近况，请你清楚地转告他们，我的心依然像清澈无瑕的玉壶里那块晶莹透明、纯洁洁白的坚冰，它依然没有受尘世的丝毫玷污。

qīng méi zhú mǎ
青 梅 竹 马

释义：男女从小到大生活在一起，亲密无间。

liǎng xiǎo wú cāi
两 小 无 猜

释义：男孩女孩在一起玩耍，天真烂漫，纯真美好。

长干行

［唐］李 白

妾发初覆额，折花门前剧。
郎骑竹马来，绕床弄青梅。
同居长干里，两小无嫌猜，
十四为君妇，羞颜未尝开。
低头向暗壁，千唤不一回。
十五始展眉，愿同尘与灰。
常存抱柱信，岂上望夫台。
十六君远行，瞿塘滟滪[①]堆。
五月不可触，猿声天上哀。
门前旧行迹，一一生绿苔。
苔深不能扫，落叶秋风早。
八月蝴蝶黄，双飞西园草。
感此伤妾心，坐愁红颜老。
早晚下三巴，预将书报家。
相迎不道远，直至长风沙。

【小传】

李　白（701—762），字太白，号青莲居士，祖籍陇西成纪（今甘肃省秦安县），生于西域碎叶城。李白的诗，雄奇奔放、想象丰富，后人誉为“诗仙”，与杜甫并称为“李杜”。

【注释】

1. 滟滪（yàn　yù）：长江瞿塘峡水中的大石堆。

【赏析】

美丽的女子，回忆起小时候与夫君一同生活在南京长干里，两人从小在一起度过了纯真的童年时光。刚过十四岁那年就结为夫妻，却羞怯得不敢抬起头，一个人面向昏暗的墙壁，不管夫君怎么呼唤，都不敢回头答应。直到过了一年，才舒展眉头，幸福地梦想两人生生世世，相伴为一，白头偕老。尽管抱着至死不渝的痴心，希望夫妻日夜相守，可是聚少离多的日子总是相伴左右。夫君离家远行，伴着江岸边阵阵猿猴的啼鸣，向着危险的瞿塘峡滟滪堆驶向远方。看着门前丈夫离去留下的足迹，渐渐被长满绿苔掩盖，不知不觉已经春去秋来，树叶飘落；看着黄蝶成双飞舞，女子独守空房的孤苦，让她的容颜越发憔悴：哪天你才能驾船回家啊——只要一收到你的书信，我将立刻飞奔江岸，亲自迎接你，不管路途有多么遥远！

chánɡ fēnɡ pò lànɡ
长 风 破 浪

释义：比喻不畏艰险，奋勇直前。

行路难

［唐］ 李 白

金樽清酒斗十千，玉盘珍羞直万钱。
停杯投箸不能食，拔剑四顾心茫然。
欲渡黄河冰塞川，将登太行雪满山。
闲来垂钓碧溪上，忽复乘舟梦日边。
行路难，行路难，多歧路，今安在？
长风破浪会有时，直挂云帆济沧海。

【赏析】

华贵的酒杯中，盛满香甜的美酒，洁白的玉盘里，全是珍贵的美味佳肴。可是诗人却因心中郁闷，放下杯子碗筷，难以静心享用美食，就算起身拔剑挥舞，也无法排遣前途渺茫的满怀愁绪。希望自己有所成就，前行的道路却如此崎岖艰难，阻碍重重。既然寻求功名的道路如此艰难，何不像姜太公一样，垂钓溪边，等待机会来临；又像伊尹一样，在梦中乘船一直驶向日边！人生的道路确实艰难啊，前方的岔路又是那么多，该往哪里走呢？不过，诗人相信总有一天，会高挂云帆乘风破浪，在沧海波涛中勇往直前！

王原祁《桃源春昼图》

笔走龙蛇

bǐ zǒu lóng shé

笔 走 龙 蛇

释义：形容书法笔势雄健活泼。

草书歌行

［唐］ 李 白

少年上人号怀素，草书天下称独步。
墨池飞出北溟鱼，笔锋杀尽中山兔。
八月九月天气凉，酒徒词客满高堂。
笺麻素绢排数厢，宣州石砚墨色光。
吾师醉后倚绳床，须臾扫尽数千张。
飘风骤雨惊飒飒，落花飞雪何茫茫。
起来向壁不停手，一行数字大如斗。
恍恍①如闻神鬼惊，时时只见龙蛇走。
左盘右蹙②如惊电，状同楚汉相攻战。
湖南七郡凡几家，家家屏障书题遍。
王逸少，张伯英，古来几许浪得名。
张颠老死不足数，我师此义不师古。
古来万事贵天生，何必要公孙大娘浑脱舞。

【注释】

1. 恍（huǎng）恍：隐隐约约，看不清楚的样子。

2. 蹙（cù）：收缩，紧皱。

【赏析】

青春年少的怀素和尚，草书奇绝诡怪，独步天下。他的草书书法，如骤雨旋风，纵横恣肆，好像在一潭墨池中，猛然跳出游动的北溟之鱼，瞬间又化作展翅的鹏鸟，每一笔每一锋，无不充满力量，好像要把全部的白兔笔毫用尽。秋高气爽的季节，诗人酒徒，高朋满座之时，笔墨纸砚摆放停当，怀素小酌醉后，一会在椅子上小憩，猛然间又在纸上落笔横扫，千张草书，一气呵成。如同疾风骤雨，飒飒惊魂，又像雪花飘扬，一片苍茫。有时候又对着粉白的墙壁，手不停笔，字大如斗。恍然间，龙腾虎跃，奔蛇走马，如见鬼神。笔势左盘右收，左冲右突，如同漫天的闪电，像奔腾战场，短兵相接。怀素的草书，天下收藏，令古来多少草书大家，从王羲之到张旭，都黯然失色。奔放生命的才情，得自天性，何必模仿他人？那些绝妙的字画、歌舞，都是内在生命精神的自我张扬。

dì bēng shān cuī
地崩山摧

释义：山崩地裂，形容人世间的巨大变故。

yī fū dāng guān wàn fū mò kāi
一夫当关万夫莫开

释义：山势险峻，易守难攻，一人把守关口，千军万马也攻不进来。

shā rén rú má
杀人如麻

释义：杀的人多得像乱麻，形容极其凶残。

蜀道难

[唐] 李 白

噫吁嚱[①]！危乎高哉！蜀道之难难于上青天。蚕丛及鱼凫，开国何茫然！尔来四万八千岁，不与秦塞通人烟。西当太白有鸟道，可以横绝峨眉巅。地崩山摧壮士死，然后天梯石栈相钩连。上有六龙回日之高标，下有冲波逆折之回川。黄鹤之飞尚不得过，猿猱[②]欲度愁攀援。青泥何盘盘，百步九折萦岩峦。扪参历井仰胁息，以手抚膺坐长叹。

问君西游何时还？畏途巉岩[③]不可攀。但见悲鸟号古木，雄飞雌从绕林间。又闻子规啼夜月，愁空山！蜀道之难难于上青天，使人听此凋朱颜。连峰去天不盈尺，枯松倒挂倚绝壁。飞湍瀑流争喧豗[④]，砯崖[⑤]转石万壑雷。

其险也如此，嗟尔远道之人胡为乎来哉！

剑阁峥嵘而崔嵬，一夫当关，万夫莫开。所守或匪亲，化为狼与豺。朝避猛虎，夕避长蛇，磨牙吮血，杀人如麻。锦城虽云乐，不如早还家。蜀道之难难于上青天，侧身西望长咨嗟！

【注释】

1. 噫（yī）吁（xū）嚱（xī）：表示惊讶的声音。

2. 猿猱（náo）：山中最善攀缘的猴类。

3. 巉（chán）岩：险恶陡峭的石壁。

4. 喧豗（huī）：急流和瀑布发出的巨大响声。

5. 砯（pīng）崖：水流冲击石壁发出的声响。

【赏析】

通往蜀地的道路真难走，简直比登天还难。古代蜀王开国的历史已经渺茫不清，从那以后不知过了多少年，都不与外面的世界相往来。后来，历经多少壮士为之献出宝贵的生命，才有了这天梯与石栈相互连接的进出蜀道。即使这样，你看这属地的山，陡峭险要，高得即使是拉车的六龙，也要绕道行走，连高翔的黄鹤，也飞不过去，擅于攀缘的猿猴，更不免哀愁。飞流直下的瀑布，形成冲激飞溅的波浪，形成巨大的漩涡。开凿的山路迂回曲折，盘绕着山峰。人在高高的山路上，好像伸手就可摸到星星。蜀道险恶，多少人西游而去就再也没有回来，只听见山树间环绕飞翔的杜鹃凄厉悲鸣，响彻群山。远道而来的人啊，你们为什么还要来到这“一夫当关，万夫莫开”之地，岂不知或许转眼间就身死他乡？成都虽好，怎能比得上家乡安乐呢！

一去不复返

yī qù bù fù fǎn

释义：时间或人事，去了就不再回来。

黄鹤楼

［唐］ 崔　颢

昔人已乘黄鹤去，此地空余黄鹤楼。
黄鹤一去不复返，白云千载空悠悠[1]。
晴川[2]历历汉阳树，芳草萋萋[3]鹦鹉洲。
日暮乡关何处是？烟波江上使人愁。

【小传】

崔　颢（704—754），汴州（今河南省开封市）人，唐代诗人，性情耿直，才思敏捷，诗歌激昂豪放，气势宏伟。

【注释】

1. 悠悠：飘荡的样子。
2. 晴川：阳光照耀下的江水。
3. 萋萋：形容草木茂盛。

【赏析】

诗人满怀美好的憧憬慕名登临黄鹤楼，可仙人已经驾鹤西去，杳无踪迹，人去楼空，只留下滔滔江水边一座孤零零的楼阁。黄鹤带着仙人再也没有回来，只有亘古不变的白云悠悠飘荡，看着人间历经千年的变换。晴空下，隔水相望的汉阳城里的树木，江中鹦鹉洲那茂盛的芳草，都清晰可见。夕阳西下，黑夜降临，江上雾霭一片迷蒙，鸟要归巢，船要归航，游子要归乡，然而天下游子的故乡，又在何处呢？我们生命的永恒安顿之所，又在哪儿能找到呢？这该是万古以来，诗人普遍的哀愁吧。

吴历《夕阳秋影》

xún huā wèn liǔ
寻花问柳

释义：原指赏玩春天的景色，后多用于形容花心的人，经常出入烟花之地。

严中丞枉驾见过

［唐］杜 甫

元戎[1]小队出郊坰[2]，问柳寻花到野亭。
川合东西瞻使节，地分南北任流萍。
扁舟不独如张翰，白帽还应似管宁。
寂寞江天云雾里，何人道有少微星[3]。

【小传】

杜 甫（712—770），字子美，自号少陵野老，世称“杜工部”“杜少陵”等，河南府巩县（今河南省巩义市）人。杜甫的诗歌，思想深厚，境界高远，诗律优美，世人尊为“诗圣”。

【注释】

1. 元戎：主将，元帅。

2. 坰（jiōng）：离城市很远的郊野。

3. 少微星：古代人认为是代表隐居的处士星，这里指诗人自己。

【赏析】

严武将军轻车简从，沿途观赏花草垂柳，来到郊外村落诗人的草屋住所。严武身为东川、西川节度使，位高权重，却能屈尊到我这像流水浮萍一样居无定所、四处漂泊的诗人家中，实属不易。诗人决心像古代的高士张翰、管宁一样，归隐乡间。就像无人关注云雾缭绕的茫茫夜空里，还有那颗寂寞的少微星，除了好友严武，还有多少人能够真正理解诗人心中面对国事昏乱、身世飘零的孤苦无奈？

ruò bù jīn fēng
弱 不 禁 风

释义：形容身体虚弱或娇弱。

江雨有怀郑典设

［唐］杜 甫

春雨暗暗塞峡中，早晚来自楚王宫。
乱波分披已打岸，弱云狼藉不禁风。
宠光蕙叶与多碧，点注桃花舒小红。
谷口子真正忆汝，岸高瀼①滑限西东。

【注释】

1. 瀼（ráng）：露水很大的样子。

【赏析】

细密的春雨，从早到晚地下着，洒满昏暗的峡谷，像是楚王宫里巫山神女飘飞其中。连绵的春雨，让江水高涨，在斜风吹拂下，拍打着江岸；纤细的春雨，在春风之中，被渐渐吹散，终于要停了！久违的阳光，宠爱着被雨水洗净的蕙草叶子，显得分外碧绿耀眼，雨滴点染在桃花瓣上，就像一颗颗红色的宝石。好友郑典设就像汉朝的隐士郑子真，就住在这附近，可惜连绵的春雨，让道路变得湿滑，往来断绝，至今无法前往拜访，只好远远地回忆和品味他高逸的品格了。

王时敏《山水十开》

wù lǐ kàn huā
雾里看花

释义：比喻老眼昏花、模糊不清。

小寒食舟中作

［唐］杜甫

佳辰强饮食犹寒，隐几萧条戴鹖冠[①]。
春水船如天上坐，老年花似雾中看。
娟娟戏蝶过闲幔[②]，片片轻鸥下急湍。
云白山青万余里，愁看直北是长安。

【注释】

1. 鹖（hé）冠：古代楚国隐士鹖冠子所戴的野鸡羽毛帽子。

2. 幔（màn）：为遮挡而悬挂起来的布、绸子、丝绒等。

【赏析】

恰逢小寒时节，虽在老病之中，诗人还是打起精神，勉强吃了一点饭，饮了些小酒。靠着破旧桌子，席地而坐，想到自己穷愁潦倒、隐居乡野，而国家战乱，心中不免哀叹：春雨不断，江水上涨，我和这艘孤独的小船一样，在这天地之间，茫然无助地飘荡；老病之躯，两眼昏花，看着岸边的花草，犹如隔着一层薄雾。布幔闲卷，舟中寂寥，轻盈的蝴蝶，围绕在船帆四周，几只白鸥在远处，轻快地追逐急流浪花。遥远的京城长安，就像万里青天之上的白云，战乱平定了吗？不知道国家的和平与安宁，什么时候到来？

chūn fēng dé yì

春风得意

释义：形容考中进士后的兴奋心情，比喻职位升迁顺利。

zǒu mǎ guān huā

走马观花

释义：快速粗略地观察游览。

登科后

［唐］ 孟 郊

昔日龌龊①不足夸，今朝放荡思无涯。

春风得意马蹄疾，一日看尽长安花。

【小传】

孟 郊（751—814），字东野，湖州武康（今浙江省德清县）人。诗作多写世态炎凉，民间苦难，有“诗囚”之称，与贾岛并称“郊寒岛瘦”。

【注释】

1. 龌龊（wò chuò）：肮脏不干净。

【赏析】

终于金榜题名，昔日生活的困顿和长久的压抑，都过去了，郁结的闷气也全都风吹云散，心中有着说不尽的畅快。于是，诗人策马奔驰在春花烂漫的长安大街上，虽然游春的路上人头攒动、车马拥挤，但心情愉悦的诗人，只觉得马蹄格外轻盈，不知不觉中，一天之内就把长安满城的似锦繁花都看尽了。

cùn cǎo chūn huī
寸 草 春 晖

释义：比喻父母养育之情深厚，子女难以报答。

游子吟

［唐］孟 郊

慈母手中线，游子身上衣。
临行密密缝，意恐迟迟归。
谁言寸草心，报得三春晖！

【赏析】

慈祥的母亲，用灵巧辛劳的双手，为即将远行的孩子赶制新衣。细密的每一根针线，都倾注着母亲全部的关爱和担忧，前方的路，遥远崎岖，只希望孩子平安幸福、早日归来。就像小小的草儿，无法报答让万物生长的春日暖阳的全部光辉，孩子又能用什么来回报这深厚无边的母爱呢？悬绝的对比，形象的比喻，寄托着孩子对慈母发自肺腑的爱。

tiān fān dì fù
天 翻 地 覆

释义：形容世界和人事发生根本性的变化。

胡笳十八拍

［唐］刘 商

怪得春光不来久，胡中风土无花柳。
天翻地覆谁得知，如今正南看北斗。
姓名音信两不通，终日经年常闭口。
是非取与在指撝[1]，言语传情不如手。

【小传】

刘 商，生卒年不详，字子夏，徐州彭城县（今江苏省徐州市）人。唐代宗大历（766—779）年间进士，诗人、画家。

【注释】

1. 指撝（huī）：即指挥，用手比画。

【赏析】

春风从来不会长久地停留在西北胡地，这里只有风沙尘土，没有绚丽的鲜花和翠绿的柳树。大漠边关，太过苍茫广阔，当年蔡文姬来到这荒凉之地，感到一切都发生了天翻地覆的变化，好像连天地都倒转，连北斗星都跑到南方去了。她孤身滞留胡地，语言不通，交流困难，整日整年都闭口不言。人身处异地，一切是非需求、心中情绪，都只能靠双手比画来努力表达，孤独无助，又无人理会。

王鉴《仿古山水》

曲径通幽
qū jìng tōng yōu

释义：通到幽深僻静的地方的小路。

万籁俱寂
wàn lài jù jì

释义：形容周围环境非常安静，一点儿声响都没有。

破山寺后禅院

［唐］常建

清晨入古寺，初日照高林。
竹径通幽处①，禅房花木深。
山光悦鸟性，潭影空人心。
万籁此俱寂，但余钟磬音。

【小传】

常建（708—765），字号不详，邢州（今河北省邢台市）人，开元十五年（727）与王昌龄同榜进士，一生不得志，长年游玩于各地山水名胜。

【注释】

1. 竹径通幽处：这句诗被后人改易一字为“曲径通幽处”，见《红楼梦》第十七回“大观园试才题对额”。

【赏析】

旭日初升，阳光照进树林，诗人登山来到一座古老的寺庙，穿过寺中竹丛小路，走到了幽深的后院，发现后院花丛树林深处的另一间禅房。在幽静美妙的环境中，诗人惊叹、陶醉，忘情地欣赏起来，眼中是后山焕发着日照的光彩，耳旁是鸟儿自由自在的欢唱。如镜的潭水，映照着蓝天和自己的身影，在水中湛然空明。刹那间，心中的尘世杂念涤除一净。诗人仿佛领悟到了佛教智慧的奥妙，摆脱尘世一切烦恼，像鸟儿那样自由自在，无忧无虑。世间的喧嚣瞬间寂灭，耳边只有清脆的钟磬之音，像是一曲天籁，从天而降，飞入山林，流进心田。全诗抒发了诗人忘却世俗、寄情山水的隐逸胸怀。

一掷千金

yī zhì qiān jīn

释义：形容任意挥霍钱财。

少年行

［唐］ 吴象之

承恩借猎小平津，使气常游中贵人。
一掷千金浑是胆，家无四壁不知贫。

【小传】

吴象之，生卒年、籍贯不详，唐玄宗天宝十三年（754）任殿中侍御史。

【赏析】

一位陪皇帝出猎的少年，平日结交达官显贵，过着不顾家境、任意挥霍、无所畏惧的生活。一时快意，兴致上来，便一掷千金。如此胆大妄为，全然不顾输光家财，最后必定落得一贫如洗。

qiān táo wàn lù
千 淘 万 漉

释义：千遍万遍的过滤，用水洗去杂质。

浪淘沙·莫道谗言如浪深

［唐］ 刘禹锡

莫道谗言如浪深，莫言迁客似沙沉。
千淘万漉虽辛苦，吹尽狂沙始到金。

【小传】

刘禹锡（772—842），字梦得，河南府洛阳（今河南省洛阳市）人，唐代著名文学家、哲学家，有“诗豪”之称。

【赏析】

不必抱怨那些谗言，如同凶恶的浪涛一样令人恐惧；也不必以为贬谪之人，将要像泥沙一样永远埋沉水底。真正的金子，只有历经千万遍的过滤淘洗，才能从沙中显出它耀眼的光芒。人越是历尽千辛万苦，才越能显出他顽强不屈的高贵品格。

西亭春
艷圖
陸許東西
黄阮無南
北少貪家
有幻藥畫
徑贈春雲
六弟瑜五
屢請為作
畫筆丁未
之春同苦
乏食師于
饑腸霍二
中了此夙
願兄南邨
識

高凤翰《西亭春艳图》

tiān shēng lì zhì
天生丽质

释义：形容女子天生美丽、聪慧。

huí móu yī xiào
回眸一笑

释义：回头凝望，柔美一笑，所有美好妩媚都写在脸上。

yī xiào bǎi mèi
一笑百媚

释义：轻轻一笑，包含了全部风情与美丽。

chūn xiāo kǔ duǎn
春宵苦短

释义：人处在欢乐之中，总是哀叹时间过得太快。

huǎn gē màn wǔ
缓歌慢舞

释义：柔和的歌声和舒缓的舞姿。

yú yáng pí gǔ
渔阳鼙鼓

释义：河北渔阳响起了战鼓，形容战争爆发、战鼓雷动。

zhāo zhāo mù mù
朝朝暮暮

释义：每天的早晨和黄昏，比喻从早到晚，天天如此。

tiān xuán dì zhuàn
天旋地转

释义：形容生活发生重大变化时，感觉头晕目眩、痛苦不堪。

chóu chú bù qián
踌躇不前

释义：犹豫不决，不敢走上前。

fú róng rú miàn
芙蓉如面

释义：美丽的脸庞，像荷花一样。

táo lǐ chūn fēng
桃李春风

释义：比喻人沐浴在美好的景色或话语之中。

lí yuán dì zǐ
梨园弟子

释义：古代戏班子里的演员，今天泛指曲艺演员。

bì luò huáng quán
碧落黄泉

释义：天上、地下，宇宙世界的每个角落。

xiān shān lóu gé
仙山楼阁

释义：仙人居住的地方，形容神奇美妙的境界或景象。

xū wú piāo miǎo
虚无缥缈

释义：隐约空幻，若有若无的样子。

lí huā dài yǔ
梨花带雨

释义：哭泣的女子像沾着雨滴的梨花一样美丽。

jīn chāi diàn hé
金钗钿合

释义：钿盒和金钗一类的首饰，情人之间互赠的信物。

jìng pò chāi fēn
镜破钗分

释义：形容夫妻的失散分开。

tiān shàng rén jiān
天上人间

释义：一个在天上，一个在人间，比喻境遇完全不同。

bǐ yì lián zhī
比翼连枝

释义：夫妻像传说中一目一翼、须两两齐飞的鸟，和连着树干的树枝一样，不离不弃。

tiān cháng dì jiǔ
天长地久

释义：同苍天和大地存在的时间一样久长，形容感情永远不变。

cǐ hèn mián mián
此恨绵绵

释义：分离的遗憾痛苦，缠绕心头，延续不断。

长恨歌

［唐］ 白居易

汉皇重色思倾国，御宇多年求不得。
杨家有女初长成，养在深闺人未识。
天生丽质难自弃，一朝选在君王侧。
回眸一笑百媚生，六宫粉黛无颜色。
春寒赐浴华清池，温泉水滑洗凝脂。
侍儿扶起娇无力，始是新承恩泽时。
云鬓花颜金步摇，芙蓉帐暖度春宵。

春宵苦短日高起，从此君王不早朝。
承欢侍宴无闲暇，春从春游夜专夜。
后宫佳丽三千人，三千宠爱在一身。
金屋妆成娇侍夜，玉楼宴罢醉和春。
姊妹弟兄皆列土，可怜光彩生门户。
遂令天下父母心，不重生男重生女。
骊宫高处入青云，仙乐风飘处处闻。
缓歌慢舞凝丝竹，尽日君王看不足。
渔阳鼙鼓动地来，惊破霓裳羽衣曲。
九重城阙烟尘生，千乘万骑西南行。
翠华摇摇行复止，西出都门百余里。
六军不发无奈何，宛转蛾眉马前死。
花钿委地无人收，翠翘金雀玉搔头。
君王掩面救不得，回看血泪相和流。
黄埃散漫风萧索，云栈萦纡登剑阁。
峨嵋山下少人行，旌旗无光日色薄。
蜀江水碧蜀山青，圣主朝朝暮暮情。
行宫见月伤心色，夜雨闻铃肠断声。
天旋地转回龙驭，到此踌躇不能去。
马嵬坡下泥土中，不见玉颜空死处。
君臣相顾尽沾衣，东望都门信马归。
归来池苑皆依旧，太液芙蓉未央柳。
芙蓉如面柳如眉，对此如何不泪垂。
春风桃李花开日，秋雨梧桐叶落时。
西宫南内多秋草，落叶满阶红不扫。
梨园弟子白发新，椒房阿监青娥老。
夕殿萤飞思悄然，孤灯挑尽未成眠。

迟迟钟鼓初长夜，耿耿星河欲曙天。
鸳鸯瓦冷霜华重，翡翠衾寒谁与共。
悠悠生死别经年，魂魄不曾来入梦。
临邛道士鸿都客，能以精诚致魂魄。
为感君王辗转思，遂教方士殷勤觅。
排空驭气奔如电，升天入地求之遍。
上穷碧落下黄泉，两处茫茫皆不见。
忽闻海上有仙山，山在虚无缥缈间。
楼阁玲珑五云起，其中绰约多仙子。
中有一人字太真，雪肤花貌参差是。
金阙西厢叩玉扃[①]，转教小玉报双成。
闻道汉家天子使，九华帐里梦魂惊。
揽衣推枕起徘徊，珠箔银屏迤逦[②]开。
云鬓半偏新睡觉，花冠不整下堂来。
风吹仙袂飘摇举，犹似霓裳羽衣舞。
玉容寂寞泪阑干，梨花一枝春带雨。
含情凝睇谢君王，一别音容两渺茫。
昭阳殿里恩爱绝，蓬莱宫中日月长。
回头下望人寰处，不见长安见尘雾。
唯将旧物表深情，钿合金钗寄将去。
钗留一股合一扇，钗擘黄金合分钿。
但教心似金钿坚，天上人间会相见。
临别殷勤重寄词，词中有誓两心知。
七月七日长生殿，夜半无人私语时。
在天愿作比翼鸟，在地愿为连理枝。
天长地久有时尽，此恨绵绵无绝期。

【小传】

白居易（772—846），字乐天，号香山居士，祖籍太原府（今山西省太原市），生于河南新郑（今河南郑州市）。诗歌题材广泛，形式多样，语言平易通俗，有“诗魔”之称。

【注释】

1. 玉扃（jiōng）：从外面锁上门窗用的门闩、门环。

2. 迤逦（yǐ lǐ）：逐渐、渐渐。

【赏析】

安史之乱前，唐玄宗李隆基宠爱杨玉环，纵情声色，不理朝政，结果酿成“安史之乱”。李隆基逃难四川时，途径马嵬坡，面对朝廷上下的一片责难，被迫赐死杨玉环。面对生死离别的苦难，真心相爱的人悲痛哀伤，难舍难分。事后唐玄宗为了排遣寂寞缠绵的相思之情，借道士之力，在虚无缥缈的蓬莱仙山中，和杨玉环在七夕佳节短暂相会。全诗借李、杨爱情，抒写古往今来，普天之下历经世间磨难乱离的夫妻不离不弃的真挚感情。文辞优美，想象丰富。

任伯年《月夜山鸡图》

qiān hū wàn huàn
千呼万唤

释义：再三反复催促。

zhū luò yù pán
珠落玉盘

释义：形容乐器弹奏的声音悦耳动听。

zhěng yī liǎn róng
整衣敛容

释义：整理衣裳，端正仪容。

qiū yuè chūn fēng
秋月春风

释义：美好的时光。

mù qù zhāo lái
暮去朝来

释义：黄昏过去，清晨又到来，岁月渐渐流逝。

mén qián lěng luò
门前冷落

释义：人失势以后，前来交往的人很少。

dù juān tí xuè
杜 鹃 啼 血

释义：传说杜鹃昼夜悲鸣直到吐血，形容一个人伤心欲绝。

chūn huā qiū yuè
春 花 秋 月

释义：春天的花朵，秋天的月亮，泛指美好的时光和景色。

qīng shān sī mǎ
青 衫 司 马

释义：古代被贬官而失意的人。

琵琶行

［唐］ 白居易

浔阳江头夜送客，枫叶荻花秋瑟瑟。
主人下马客在船，举酒欲饮无管弦。
醉不成欢惨将别，别时茫茫江浸月。
忽闻水上琵琶声，主人忘归客不发。
寻声暗问弹者谁？琵琶声停欲语迟。
移船相近邀相见，添酒回灯重开宴。
千呼万唤始出来，犹抱琵琶半遮面。
转轴拨弦三两声，未成曲调先有情。
弦弦掩抑声声思，似诉平生不得志。
低眉信手续续弹，说尽心中无限事。
轻拢慢捻[①]抹复挑，初为《霓裳》后《六幺》。

大弦嘈嘈如急雨，小弦切切如私语。
嘈嘈切切错杂弹，大珠小珠落玉盘。
间关莺语花底滑，幽咽泉流冰下难。
冰泉冷涩弦凝绝，凝绝不通声暂歇。
别有幽愁暗恨生，此时无声胜有声。
银瓶乍破水浆迸，铁骑突出刀枪鸣。
曲终收拨当心画，四弦一声如裂帛。
东船西舫悄无言，唯见江心秋月白。
沉吟放拨插弦中，整顿衣裳起敛容。
自言本是京城女，家在虾蟆陵下住。
十三学得琵琶成，名属教坊第一部。
曲罢曾教善才服，妆成每被秋娘妒。
五陵年少争缠头，一曲红绡不知数。
钿头银篦击节碎，血色罗裙翻酒污。
今年欢笑复明年，秋月春风等闲度。
弟走从军阿姨死，暮去朝来颜色故。
门前冷落鞍马稀，老大嫁作商人妇。
商人重利轻别离，前月浮梁买茶去。
去来江口守空船，绕船月明江水寒。
夜深忽梦少年事，梦啼妆泪红阑干②。
我闻琵琶已叹息，又闻此语重唧唧。
同是天涯沦落人，相逢何必曾相识！
我从去年辞帝京，谪居卧病浔阳城。
浔阳地僻无音乐，终岁不闻丝竹声。
住近湓江地低湿，黄芦苦竹绕宅生。
其间旦暮闻何物？杜鹃啼血猿哀鸣。
春江花朝秋月夜，往往取酒还独倾。

岂无山歌与村笛？呕哑嘲哳难为听。
今夜闻君琵琶语，如听仙乐耳暂明。
莫辞更坐弹一曲，为君翻作琵琶行。
感我此言良久立，却坐促弦弦转急。
凄凄不似向前声，满座重闻皆掩泣。
座中泣下谁最多？江州司马青衫湿。

【注释】

1. 捻（niǎn）：拨弦的动作。

2. 阑（lán）干：纵横错落的样子。

【赏析】

诗人江畔送客，忽然听到一阵哀怨的琵琶声，正应和了秋夜送别的萧瑟之情。琴声中，有铁骑突出的控诉，有银瓶乍破的悲鸣，有细碎回旋的私语，有清脆圆润的缠绵，也有花底莺语的思念，曲到高潮，又收拨一画，戛然而止。每一个音符都包含着弹琴之人一生起起落落、爱恨情仇、孤寂落寞的情感世界。之后诗人从与弹奏者的谈话中得知，她也是一位历经人世磨难的可怜人。她用半生遭遇，谱写了这曲扣人心弦的悲歌，而这首琵琶曲，也正是诗人从繁华的京城，沦落到荒野偏僻之地，内心不平、愤恨、无奈以及孤独寂寥的写照。同是天涯沦落的两个人，用琴声、诗句，表达了在复杂的社会环境中，无力把握自身命运的悲叹。

jīng tiān dòng dì
惊天动地

释义：形容声势浩大或事业伟大。

李白墓

［唐］ 白居易

采石江边李白坟，绕田无限草连云。
可怜荒垄穷泉骨，曾有惊天动地文。
但是诗人多薄命，就中沦落不过君。

【赏析】

在那长江边上的采石矶上，连绵不绝的丛丛绿草，一直延伸到天边，山水碧草环绕之间的，就是诗人李白的墓地。如今这墓地，早已荒废，无人知晓。可是，又有多少人知道，这孤寂可怜的荒坟深穴中，深埋的枯骨，当他还在人世的时候，曾经写过无数震撼天地灵魂的诗章。可能所有伟大的诗人，总是逃不脱坎坷不平的命运吧！所有前代的诗人，又有谁能比得过李白呢？他用一生的悲苦遭遇，抒写了惊天地、泣鬼神的诗篇，留传万古，永放光芒！

卫贤《高士图》

yuè xià huā qián
月 下 花 前

释义：男女之间谈情说爱的地方。

老病

［唐］ 白居易

昼听笙歌夜醉眠，若非月下即花前。
如今老病须知分，不负春来二十年。

【赏析】

曾经的青春年少是多么美好，日夜歌舞欢愉，或在花前，或在月下，流连忘返。然而，时光匆匆流逝，到如今，年老多病，总应该深切理解人生的本分，不能再像过去二十年一样，白白辜负了美好青春年华。

céng jīng cāng hǎi
曾 经 沧 海

释义：经历过很大的场面，眼界开阔，对琐碎小事也不放在眼里。

离思

［唐］ 元 稹

曾经沧海难为水，除却巫山不是云，
取次花丛懒回顾，半缘修道半缘君。

【小传】

元 稹（779—831），字微之，河南府河南县（今河南省洛阳市）人。北魏宗室鲜卑族拓跋部后裔。元稹与白居易同科及第，共同倡导新乐府运动，世称“元白”。

【赏析】

诗人对亡妻的深厚感情无与伦比，犹如沧海水、巫山云，不可替代。即使走进鲜花盛开的花丛中，也懒得回头留意。这既是因为诗人最近在修身养性、淡忘人间悲苦，更是因为亡妻带走了诗人生活中美好的一切，除妻子以外，从此心无所恋。全诗寄托了诗人对妻子去世的悲痛之情。

侯门似海

hóu mén sì hǎi

释义：比喻旧时相识的人，后因地位悬殊而疏远隔绝。

赠婢

［唐］崔郊

公子王孙逐后尘，绿珠[①]垂泪滴罗巾。
侯门一入深似海，从此萧郎[②]是路人。

【小传】

崔郊，生平、籍贯不详，唐宪宗元和年间（806—820）秀才，存诗仅一首。

【注释】

1. 绿珠：西晋富豪石崇的娇美宠妾，这里喻指被人夺走的婢女。

2. 萧郎：原指风流多才的梁武帝萧衍，泛指女子所爱恋的男子，这里是作者自谓。

【赏析】

一群公子王孙竞相争逐一位美貌的女子，最后她被一位贵公子抢走了。那时她伤心的泪水湿透了衣襟。她痛切地感到一被带进了幽深如海的王侯贵胄之家就如同坠入苦海，从此与落魄的诗人相隔在两个世界，永无相见之日了。

石破天惊
shí pò tiān jīng

释义：出人意料，多比喻文章议论新奇惊人。

女娲补天
nǚ wā bǔ tiān

释义：形容改造天地的雄伟气魄。

李凭箜篌[1]引

［唐］李贺

吴丝蜀桐张高秋，空山凝云颓不流。
湘娥啼竹素女愁，李凭中国弹箜篌。
昆山玉碎凤凰叫，芙蓉泣露香兰笑。
十二门前融冷光，二十三丝动紫皇。
女娲炼石补天处，石破天惊逗秋雨。
梦入神山教神妪，老鱼跳波瘦蛟[2]舞。
吴质不眠倚桂树，露脚斜飞湿寒兔。

【小传】

李贺（791？—817？），字长吉，河南福昌（今河南省洛阳市宜阳县）人，唐宗室郑王李亮后裔，有“诗鬼”之称。

【注释】

1. 箜篌（kōng hóu）：古代一种拨弹弦乐器。

2.瘦蛟：瘦弱的美人鱼。

【赏析】

深秋的夜晚，诗人听李凭弹奏一曲箜篌乐曲。在这惊天地泣鬼神的乐声里，仿佛空旷山野上的浮云都停止了流动，善歌的湘娥与素女，也触动了愁怀而潸然泪下。乐声有时像是玉碎山崩、凤凰鸣叫，有时又似乎能让荷花在露水中抽泣、使香兰开怀欢笑。这清脆的乐声，融化了长安城里的冷气，它飞向天庭，飞上神山，连正在补天的女娲，都听得入迷，忘记了自己的职守，结果石破天惊，秋雨倾泻。在如梦如幻的乐曲中，乐师仿佛进入了神山，要把技艺传授给仙女；在那里，连行动迟缓的老鱼和瘦蛟，都伴随着动人的旋律腾跃起舞。月中的吴刚，也倚着桂树，久久不眠，玉兔蹲伏一旁，任凭深夜的露水不停地洒落在身上浸湿皮毛，也不肯离去。

xún zhāng zhāi jù
寻 章 摘 句

释义：从书上挑选现成的文句，堆砌成文。

南园

［唐］ 李 贺

寻章摘句老雕虫，晓月当帘挂玉弓。
不见年年辽海上，文章何处哭秋风。

【赏析】

诗人锐意攻读，在典籍中摘取词句，堆砌成诗，美好年华就消磨在这雕虫小技之上。夜空中的一弯残月，正挂在窗外，抬头望去，就像是帘子旁边挂着的一把弯弓。天将破晓，雕章琢句的诗，却还没有完成，空有满腹诗书，于国于家，却毫无用处，既不能杀敌辽东，又不能科举入仕，在秋风萧瑟之中，诗人该到哪里去倾诉满腔悲情呢！

溥儒《山水》

zhé jǐ chén shā

折 戟 沉 沙

释义：折断了的兵器沉埋沙中，比喻战争惨败。

赤壁

［唐］杜 牧

折戟沉沙铁未销，自将磨洗认前朝。
东风不与周郎便，铜雀春深锁二乔。

【小传】

杜 牧（803—852），字牧之，号樊川，京兆府万年县（今陕西省西安市）人，晚唐著名诗人和古文家。

【赏析】

古战场的泥沙中，埋藏着的那些断戟，好像从中呈现出了三国火烧赤壁的一幕幕场景。倘若不是东风给周瑜以方便，当时的结局恐怕会是曹操取胜、“二乔”被掳，也未可知。诗人借此表达了自己若是身处当年的战场，必不输于周瑜的豪情，同时，饱含了面对国家危局，没有上阵指挥、杀敌立功机会的悲情。

zhuāng zhōu mèng dié
庄 周 梦 蝶

释义：不知是庄周做梦变成了蝴蝶，还是蝴蝶做梦变成了庄周，

形容人无法区分现实与梦幻。

锦瑟

［唐］ 李商隐

锦瑟无端五十弦，一弦一柱思华年。

庄生晓梦迷蝴蝶，望帝春心托杜鹃。

沧海月明珠有泪，蓝田日暖玉生烟。

此情可待成追忆，只是当时已惘然。

【小传】

李商隐（813—858？），字义山，号玉溪生，又号樊南生，祖籍怀州河内（今河南省焦作市）人，晚唐著名诗人，和杜牧合称“小李杜”。

【赏析】

美丽的锦瑟，不知何故有五十根弦，诗人不禁感慨人生已过去了五十载了。它的每一弦一柱，似乎都唤起了诗人对年华流逝的美好回忆。人生就像庄生梦蝶一样，恍惚迷惘、亦真亦幻；又像啼血的杜鹃，只是一场执着的苦苦追寻；像茫茫沧海中鲛人的泪珠，渺小又脆弱；又像蓝田的美玉，在阳光下升腾起的一缕青烟，温暖而朦胧。如此悲怆清晰的情怀，哪里需要等到匆匆过往，才痛感哀伤，每一次生离死别的当时，就已经怅然若失，难以自持。

心有灵犀
xīn yǒu líng xī

释义：比喻恋爱中的男女，心心相印、十分默契。

无题

［唐］ 李商隐

昨夜星辰昨夜风，画楼西畔桂堂东。
身无彩凤双飞翼，心有灵犀①一点通。
隔座送钩春酒暖，分曹射覆蜡灯红。
嗟余听鼓应官去，走马兰台②类转蓬。

【注释】

1. 灵犀：古代传说犀牛角有白纹，感应灵敏，比喻心领神会，感情共鸣。
2. 兰台：唐代的秘书省，掌管图书秘籍。李商隐曾任秘书省正字。

【赏析】

昨夜星光灿烂，夜空中吹着习习凉风，在这样一个春风沉醉的夜晚，精美画楼的西畔，桂木厅堂的东边，一场欢快的筵席正在举办，我却没有心情沉醉其中，因为它不属于我。因为我身上没有凤凰般美丽的双翅，不能和心爱的人比翼齐飞，但是我的心与心上人的感情，却像灵犀一样息息相通，早已飞到心上人的身边。身边的人都在互相猜钩嬉戏，隔座的人也在畅饮春酒暖心，一个个分组行酒令，在泛红的烛光中决一胜负，而我却已经随着五更的鼓声，像随风飘转的蓬蒿一样，默默地策马回到秘书省成堆的官样文章中去了。全诗描写了诗人面对热闹宴会，无法进入的孤独感。

qīng niǎo chuán yīn
青 鸟 传 音

释义：传说中西王母娘娘的神鸟，作为使者传递信息。

无题

［唐］ 李商隐

相见时难别亦难，东风无力百花残。
春蚕到死丝方尽，蜡炬成灰泪始干。
晓镜但愁云鬓改，夜吟应觉月光寒。
蓬山此去无多路，青鸟①殷勤为探看。

【注释】

1. 青鸟：神话中为西王母传递消息的信使。

【赏析】

相见很难，离别更难，何况是在这百花凋谢的暮春时节。这无尽的思念，就像春蚕结茧，到死才能完结；像点燃的蜡烛，烧成灰烬才会熄灭。生命处在最美好的年华，却难免忧虑终会苍老、容颜不再。长夜漫漫，独自吟诗，久久不能入眠，也总会感到冷月沁人，心中越发凄冷。美好的世界，思念的人，似乎就在不远的他乡，可是有谁能成为忠诚的信使，带领我奔向那幸福之地呢？

春意阑珊
chūn yì lán shān

释义：美好的春天就要过去。

落花流水
luò huā liú shuǐ

释义：形容暮春衰败的景色，又比喻被打败的样子。

浪淘沙

［五代］ 李 煜

帘外雨潺潺[1]，春意阑珊。罗衾[2]不耐五更寒。

梦里不知身是客，一晌[3]贪欢。

独自莫凭栏，无限江山，别时容易见时难。

流水落花春去也，天上人间。

【小传】

李 煜（937—978），字重光，号钟隐、莲峰居士，祖籍彭城（今江苏省徐州市），生于金陵（今江苏南京市），南唐第三位国君，史称“李后主”。

【注释】

1. 潺（chán）潺：形容淅淅沥沥的春雨声。

2. 罗衾：丝绸被子。

3. 一晌（shǎng）：片刻，一会儿。

【赏析】

暮春的早晨，突然醒来，心中酸楚：薄薄的丝绸被子，怎么抵挡清晨的寒凉？屋外连绵的细雨，打落了最后一点春色。眼前这景色，真是倍增凄凉之苦。只有在睡梦里，才能暂时忘记自己是羁旅之客，享受着片刻的欢娱。可是梦醒以后，一切的痛苦只会加倍袭来，无处遁逃。不敢凭栏眺望，因为这只能引起故国无尽的思念和内心无限的痛楚。美好的春天去了，还会再来；人生美好的年华，却是去而无声，永不回来。这心中的几多滋味，真是难以言传。江山如画，水流花谢，今昔对比，真是一个天上，一个地下！

边寿民《芦雁图》

chūn huā qiū yuè
春花秋月

释义：春天的花朵，秋夜的月亮，泛指一年四季的美好风景。

diāo lán yù qì
雕栏玉砌

释义：形容富丽的建筑物。

虞美人

［五代］李 煜

春花秋月何时了，往事知多少！
小楼昨夜又东风，故国不堪回首月明中。
雕栏玉砌应犹在，只是朱颜改。
问君能有几多愁？恰似一江春水向东流。

【赏析】

三春花开，中秋月圆，时光在永恒不断的流转之中更替。美好的往事还历历在目，可如今，失去故国的人，只有无情无尽的苦难岁月，悲痛难熬。小楼上，昨夜里，又吹过一阵阵春风，明月当空，这无边的伤痛，如何能够忍受、排遣？精雕细刻的栏杆、玉石砌成的台阶，这些宫中昔日的繁华应该都还在吧；只是人已衰老不堪，芳颜不再。若要问心中有多少哀愁；它就像长江之水滚滚东流，永远没有尽头！

无可奈何

wú kě nài hé

释义：感到没有办法，无能为力。

浣溪沙

[宋] 晏 殊

一曲新词酒一杯，去年天气旧亭台。
夕阳西下几时回？
无可奈何花落去，似曾相识燕归来。
小园香径独徘徊。

【小传】

晏 殊（991—1055），字同叔，抚州临川（今江西省临川县）人。七岁能文，十四岁时因才华洋横而赐为进士，是北宋前期婉约派词人之一。

【赏析】

诗人独自一个人在亭子里饮酒拨弦，沉醉在美酒和音乐之中。在这相同的美好季节，睹物思人：亭台楼阁，还是去年的亭台楼阁；可是所有相似不变的表象下，掩藏不住物是人非的哀伤。渐渐下沉消失的夕阳，是否还能照常再升？所有流去的美好时光，都将一去不复返了！总算，还有顽强生命的小花，热爱春天的燕子，会随着自然的变化，去了再来。诗人在花径上独自徘徊，心生感慨：只有饱含真情的生命、感觉敏锐的诗情，才能像落花、归燕一样，面对永恒变化的宇宙，永不停息地给世界留下美好与希望。

边寿民《芦雁图》

wú qióng wú jìn

无穷无尽

释义：没有止境，没有限度。

tiān yá hǎi jiǎo

天涯海角

释义：形容极偏远的地方。

踏莎行

［宋］晏殊

祖席[1]离歌，长亭别宴。
香尘[2]已隔犹回面。
居人匹马映林嘶，行人去棹[3]依波转。
画阁魂消，高楼目断。
斜阳只送平波远。
无穷无尽是离愁，天涯地角寻思遍。

【注释】

1. 祖席：设宴饯别的地方。

2. 香尘：地上落花伴着尘土的香气。

3. 棹（zhào）：划船的桨。

【赏析】

送别的亭中，饯行的酒席上，总有唱不完的离别悲歌。远行的人，终于离去，但空气中还回荡着淡淡的落花和尘土的味道，就像我们心中，还留着他的所有美好回忆。送行的马儿，隔着树林在哀鸣，似乎也在诉说离别的不舍，任凭着行人的船，消失在天地相连之间，只留下空荡荡的江水。岸边的亭中，送行的人，还挥之不去黯然神伤，登上高楼，远眺天涯，直到夕阳西下，愁思洒满昏暗无垠的江天。人世间无穷无尽的总是离愁，它带着每一个多情人的心，伴着漂泊的人，走遍海角天涯。

rén yuē huáng hūn
人约黄昏

释义：人在黄昏时约会。

生查子·元夕

［宋］欧阳修

去年元夜时，花市灯如昼。
月上柳梢头，人约黄昏后。
今年元夜时，月与灯依旧。
不见去年人，泪湿春衫袖。

【小传】

欧阳修（1007—1072），字永叔，号醉翁，晚年号“六一居士”，吉州永丰（今江西省吉安市永丰县）人，北宋政治家、文学家、史学家。

【赏析】

还记得去年的元宵之夜，集市上挂满的各式花灯，五彩斑斓，照亮夜空如白昼。黄昏后，月亮爬上柳树枝头，相约的人就来到约定的地点相见。牵手赏灯的那个夜晚，笑声同幸福交织在一起，仿佛就在昨日。无奈世事难料，情难如愿，今年的元宵之夜，依旧是各式花灯挂满枝头，只是同样的明月之下，只有我孤独的身影，故人不在！那凄怨、缠绵而又刻骨铭心的相思伴着回忆，一点一点地侵蚀着我的心，止不住的眼泪滑落，打湿了为她而穿的美丽衣衫。

yún dàn fēng qīng
云 淡 风 轻

释义：微风轻拂，浮云淡薄，形容天气晴好。

bàng huā suí liǔ
傍 花 随 柳

释义：伴随着鲜花和柳枝，游览行走，形容春游的快乐。

春日偶成

［宋］ 程 颢

云淡风轻近午天，傍花随柳过前川。
时人不识余心乐，将谓偷闲学少年。

【小传】

程 颢（1032—1085），字伯淳，号明道，世称明道先生，河南府伊川（今河南省洛阳市伊川县）人，程颢与其弟程颐，都是北宋著名理学家，世称“二程”。

【赏析】

云淡风轻的时节，放眼望去，天地间的一切勃勃生机。在春光明媚的午后，诗人怀着闲适自如的心情，傍着花，随着柳，信步朝着河岸走去，和煦的春风吹拂着，久久流连不愿离去。可惜现在的社会扼杀了人们的性灵，须眉长者似乎只应该端然危坐，而春游似乎只是那些有些“狂”劲儿的少年人才行。哎！人们都不能体会这种春游的愉悦心情呀！他们还以为我只是学少年时的样子，趁着大好的时光在忙里偷闲呢！

qióng lóu yù yǔ
琼 楼 玉 宇

释义：指仙界楼台。形容瑰丽堂皇的建筑物。

bēi huān lí hé
悲 欢 离 合

释义： 人生中经常遇到的悲伤、欢乐、离别、团聚等各种境遇。

水调歌头·中秋

[宋] 苏 轼

明月几时有？把酒问青天。不知天上宫阙，今夕是何年？我欲乘风归去，又恐琼楼玉宇，高处不胜寒。起舞弄清影，何似在人间！

转朱阁，低绮户，照无眠。不应有恨，何事长向别时圆？人有悲欢离合，月有阴晴圆缺，此事古难全。但愿人长久，千里共婵娟。

【小传】

苏 轼（1036—1101），字子瞻，号东坡居士，世称“苏东坡”“苏仙”。眉州眉山（今四川省眉山市）人，北宋文学家、书法家、画家。

【赏析】

中秋之夜，词人端起酒杯遥问苍天：从什么时候开始，天上有了这轮明月？天上的宫殿，今晚是哪一年？我想摆脱这烦恼的人世，去过逍遥自在的神仙生活，可天上虽然美好非凡，是不是也一样寂寞凄冷，只能一个人孤独地舞动身影？或许反倒不如人间，虽然短暂，至少还有亲人之间相互关爱这样的温暖真情！月光转过朱红的楼阁，低低地穿过雕花的门窗，照到了屋里迟迟未能入睡的我。明月啊，既然你是无情之物，当然不会有什么怨恨之情，可是，你又为什么总是在惜别离愁的人面前，显出圆满的样子？人有悲欢离合的变迁，月有阴晴圆缺的转换，自古以来，这世上就难有十全十美的事。既然如此，又何必为暂时的离别而感到忧伤呢？我只希望人们个个健康长寿，即使相隔千里，也能一起欣赏这美好的月圆。

赵嵒《八达游春图》

fēng liú qiān gǔ
风流千古

释义：指风雅美好的精神流传久远。

jiāng shān rú huà
江山如画

释义：形容自然风光美丽如图画。

xióng zī yīng fā
雄姿英发

释义：英雄人物威武雄壮的姿态。

yǔ shàn guān jīn
羽扇纶巾

释义：手拿羽毛扇，头戴青丝巾，形容儒雅从容，举止潇洒。

huī fēi yān miè
灰飞烟灭

释义：比喻事物消失净尽。

rén shēng rú mèng
人生如梦

释义：形容世事无定，人生短促。

念奴娇·赤壁怀古

[宋] 苏 轼

大江东去，浪淘尽，千古风流人物。故垒西边，人道是，三国周郎赤壁。乱石穿空，惊涛拍岸，卷起千堆雪。江山如画，一时多少豪杰。

遥想公瑾当年，小乔初嫁了，雄姿英发。羽扇纶巾[1]，谈笑间，樯橹灰飞烟灭。故国神游，多情应笑我，早生华发。人生如梦，一尊[2]还酹[3]江月。

【注释】

1. 纶（guān）巾：青丝制成的头巾。

2. 尊：尊：通“樽”，酒杯。

3. 酹（lèi）：把酒浇在地上，表示祭奠。

【赏析】

浩浩荡荡奔流而去的大江，就像匆匆向前的时间洪流，消逝了千百年来的英雄伟人。其中也包括这赤壁古战场上，代代传颂的三国英雄们。这里陡峭的石壁，高耸入云；如雷的惊涛，拍打着江岸，激起千万朵如雪的浪花。这如画的江山美景，好像在诉说着那些远去的英雄豪杰的光辉伟业。想想当年的周瑜，英姿奋发、豪情满怀、佳人陪伴，是何等的春风得意；手摇羽扇、头戴纶巾，谈笑之间，一战定乾坤，是何等的雄豪！如今，我面对这江边旧地，想起自己曾经也怀抱理想，追慕古代豪杰，实在可笑。只有这满头白发，昭示了时光匆匆、人生如梦；只能端起酒杯，祭奠江天明月：短暂的人生中，究竟什么才是永恒不变的真谛？

xuě ní hóng zhǎo
雪 泥 鸿 爪

释义：鸿雁在雪地上留下的爪迹，比喻往事的痕迹。

和子由渑池怀旧

［宋］苏轼

人生到处知何似，应似飞鸿踏雪泥。
泥上偶然留指爪，鸿飞那复计东西。
老僧已死成新塔，坏壁无由见旧题。
往日崎岖还记否，路长人困蹇[1]驴嘶。

【注释】

1. 蹇（jiǎn）驴：跛脚的驴。

【赏析】

人生在世，来来去去，不管成功与失意、幸福与悲伤，都只是留下一点短暂的痕迹，就像一只鸿雁，停落在雪地上，偶然留下的一二爪痕。你看那留下浅浅爪痕的鸿雁，后来飞往哪里去了呢？向东向西，完全是偶然，没有一定。就像这寺庙里的老和尚，去世之后，留下一座安葬骨灰的新塔，多少年之后，多半无人知晓塔中是谁，而这首题在墙上的诗句，历经人世变换，随着墙壁毁坏，也灰飞烟灭，又有谁还能看见、记得？人生中一个一个的坎坷崎岖，就像走过的山路，终将渐渐远去，不再被人提起。只有当下的路远人乏，是如此清晰又如此短暂地在心中留下些许痕迹。

shuǐ guāng liàn yàn
水光潋滟

释义：水波荡漾、波光闪闪的样子。

shān guāng shuǐ sè
山光水色

释义：形容山水景色秀丽。

dàn zhuāng nóng mǒ
淡妆浓抹

释义：淡雅和浓艳两种不同的妆饰打扮。

饮湖上初晴后雨

[宋] 苏 轼

水光潋滟晴方好，山色空蒙雨亦奇。
欲把西湖比西子，淡妆浓抹总相宜。

【赏析】

雨过天晴，阳光照耀下的西湖，水波荡漾，波光粼粼，宁静而迷人。远处的山，还笼罩在一片迷茫的水气云雾之中，显得分外朦胧神奇。这风光无限的西湖山色，正可比作美人西施，无论是淡妆还是浓抹，都能显出不同的动人姿彩。自由洒脱的生命，正如这眼前的西湖，总能展现出无限美好。

róu qíng sì shuǐ
柔 情 似 水

释义：像水一样温柔细腻的感情。

jiā qī rú mèng
佳 期 如 梦

释义：美好甜蜜的时光，感觉总是短暂的，在恍惚中就悄然逝去。

zhāo zhāo mù mù
朝 朝 暮 暮

释义：每天的早晨和黄昏，比喻从早到晚，天天如此。

鹊桥仙

［宋］秦 观

纤云弄巧，飞星传恨，银汉迢迢暗度。
金风玉露一相逢，便胜却、人间无数。
柔情似水，佳期如梦，忍顾鹊桥归路？
两情若是久长时，又岂在、朝朝暮暮。

【小传】

秦 观（1049—1100），字太虚、少游，别号淮海居士，扬州高邮（今江苏省高邮市）人。北宋著名婉约派词人，与苏轼交游，是“苏门四学士”之一。

【赏析】

纤细轻盈的云彩，如梦如幻，变幻多姿，流星在银河两岸飞驰，传递着相思的愁怨。迢迢银河水，尽管长久地隔开了两个相爱的人，但七夕今夜，牛郎和织女，却在秋风白露中，悄然通过鹊桥相会，哪怕一年只能相会一夜，却不知胜过人间多少长相厮守却貌合神离的夫妻！柔情如流水一般绵延不断，重逢的美好时光，像缥缈的梦一样短暂。分别的时刻，都不忍回头去看那鹊桥路，但只要有至死不渝的真情在，又何必悲叹相见的时间太少、相见的快乐太短呢？

物是人非

wù shì rén fēi

释义：事过境迁，因而怀念故人。

武陵春

［宋］ 李清照

风住尘香花已尽，日晚倦梳头。
物是人非事事休，欲语泪先流。
闻说双溪春尚好，也拟泛轻舟，
只恐双溪舴艋舟①，载不动、许多愁。

【小传】

李清照（1084—1155），号易安居士，齐州济南（今山东省济南市）人，宋代著名婉约词派女词人，有“千古第一才女”之称。

【注释】

1. 舴（zé）艋（měng）舟：两头尖形状如蚱蜢的小船。

【赏析】

风停了，花儿也谢了，只有尘土还带有落花的香气，屋外的太阳早已高高挂在天上，词人却仍无心梳洗打扮。一切事物似乎都还是原来的样子，曾经的美好却已经不在。想要倾诉自己的感慨，可是还未等开口，眼泪就已经先流淌下来。后来听说双溪春景还保留着无限风光，正打算泛舟前去，又怕一艘小小的船，载不动词人无穷无尽的沉重忧愁！

王鉴《岭上白云图》

xún xún mì mì
寻寻觅觅

释义：痛苦地四处寻找。

lěng lěng qīng qīng
冷冷清清

释义：四周氛围死气沉沉，冷落、凄凉。

zhà nuǎn huán hán
乍暖还寒

释义：冬末春初，气候忽冷忽热，冷热不定。

声声慢·寻寻觅觅

［宋］ 李清照

寻寻觅觅，冷冷清清，凄凄惨惨戚戚。乍暖还寒时候，最难将息。三杯两盏淡酒，怎敌他、晚来风急？雁过也，正伤心，却是旧时相识。

满地黄花堆积，憔悴损，如今有谁堪摘？守着窗儿独自，怎生得黑！梧桐更兼细雨，到黄昏、点点滴滴。这次第，怎一个愁字了得！

【赏析】

在这冷冷清清、凄惨悲戚的尘世，历尽一生，苦苦寻觅，希望、温暖和美好究竟在哪里？这样一个渐暖而又骤然变冷的时节，身心尤其难以平息安稳。即便喝上三两杯淡酒，也无法抵挡寒风侵袭。向着故乡飞去的大雁，从眼前掠过，更让人伤心：去年南来的它们，已经开始北还，人的精神归乡之所，又在哪儿呢？苦苦追寻的生命，正如园中满地的菊花，都已经憔悴不堪，如今还有谁能欣赏、理解？孤独地倚坐窗前，又将如何面对即将到来的茫茫黑夜？或许只有黄昏中，梧桐叶上，滴答滴答的细雨声陪伴到天明。这样的人生境况，岂是一个“愁”字能说得清楚？

lǜ féi hóng shòu
绿 肥 红 瘦

释义：暮春时节，绿叶茂盛，花渐凋谢的景象。

如梦令·昨夜雨疏风骤

［宋］ 李清照

昨夜雨疏风骤，浓睡不消残酒。
试问卷帘人，却道海棠依旧。
知否？知否？应是绿肥红瘦。

【赏析】

伴着一夜的疾风骤雨，沉沉地一觉睡到天明，酒意却还未完全消散。一阵迷茫慵懒中，问身边正在卷起窗帘的女伴，窗外景色如何，卷帘人只是说，海棠花依然开得和往常一样。可是，谁不知道，暮春初夏的季节，哪还会有花呢，早已只剩下几片红色的花瓣嵌在繁茂的绿叶中了吧？春天已渐远去，美好的春景哪能长存？

shān chóng shuǐ fù
山 重 水 复

释义：形容重重山河阻隔。

liǔ àn huā míng
柳 暗 花 明

释义：比喻在困难中遇到转机。

游山西村

[宋] 陆 游

莫笑农家腊酒浑，丰年留客足鸡豚。
山重水复疑无路，柳暗花明又一村。
箫鼓追随春社近，衣冠简朴古风存。
从今若许闲乘月，拄杖无时夜叩门。

【小传】

陆 游（1125—1210），字务观，号放翁，越州山阴（今浙江省绍兴市）人，南宋文学家、史学家、爱国诗人。

【赏析】

远道的朋友，请不要嘲笑农家腊月里酿的酒浑浊不醇厚；丰收时节，农家人会尽其所有的盛情，安排一顿最丰盛的筵席来招待客人。在青翠可掬的山峦间漫步，清碧的山泉边穿行，草木愈见繁茂，蜿蜒的山路也渐渐难以辨认。正在迷惘之际，突然看见前面花明柳暗，几间农家茅舍，掩映在花木之间，顿觉豁然开朗。

在这个村社中，最为淳朴的古代风俗，至今依旧保留，人们吹着箫打起鼓欢庆春社。到了夜晚，明月高悬，整个大地笼罩在一片淡淡的月光之中，给春社过后的村庄也染上了一层静谧的色彩，别有一番情趣。但愿从今以后，能不时来此拜访，与纯朴的村民把酒言欢，沉浸在乡间闲适的幸福自由生活之中。

查士标《山水图》

怒发冲冠

nù fà chōng guān

释义：形容愤怒到了极点。

满江红

［宋］岳 飞

怒发冲冠，凭栏处、潇潇雨歇。抬望眼、仰天长啸，壮怀激烈。三十功名尘与土，八千里路云和月。莫等闲、白了少年头，空悲切。

靖康耻，犹未雪。臣子恨，何时灭。驾长车踏破、贺兰山缺。壮志饥餐胡虏肉，笑谈渴饮匈奴血。待从头、收拾旧山河，朝天阙。

【小传】

岳 飞（1103—1142），字鹏举，相州汤阴（今河南省汤阴县）人。南宋时期抗金名将、军事家。代表词作《满江红》，是千古传诵的爱国名篇。

【赏析】

一夜骤雨刚停，独自一人登高凭栏远眺，心中的愤怒，仍久久无法平息。抬头远望天空，禁不住仰天呼号，一片报国之心像潮水般涌动而起：三十年的艰辛努力，千万里的征战功名，都已成为往昔浮云，只愿此生不会虚度年华，独自悔恨悲切而白了少年头。靖康之变的耻辱，至今未报，臣子心中的愤恨，又要何时才能消除！总有一天，我将驾着威武的战车，踏平敌营、杀灭入侵者，等到山河收复的那一天，带着前线的捷报，向全天下报告抗金胜利的喜讯！

tiān guāng yún yǐng
天 光 云 影

释义：蓝天白云倒影水中，形容明媚时光。

yuán tóu huó shuǐ
源 头 活 水

释义：比喻富有活力的思想，不断创新进步。

观书有感

［宋］朱 熹

半亩方塘一鉴开，天光云影共徘徊。
问渠那得清如许，为有源头活水来。

【小传】

朱 熹（1130—1200），字元晦，斋号晦庵、考亭，又称紫阳先生，南宋徽州婺源（今江西省婺源县）人，南宋著名理学家，程朱理学集大成者，后世尊称朱子。

【赏析】

诗人在山村读书，兴味正浓时，偶然望见远处一方半亩大小的池塘。池塘平静清澈，像镜子一般映照蓝天白云，好像天地间的千变万化，都能清晰地呈现出来。由此联想到人世生活，纷纷扰扰，只有保持心平意静，才能看出其真正的意义。君子的道德修养，就是要不被外境所惑，才能清晰明了地把握生命的方向。那么，这池塘的水为什么会这么干净清澈呢？原来是有源头活水不断地注入，让它永不陈腐污浊。正如人一般，只有思想永远活跃，以开明宽阔的胸襟，吸纳和包容，才能不断地创新进步。

wàn zǐ qiān hóng
万 紫 千 红

释义：形容百花竞艳的春景。

春日

［宋］ 朱 熹

胜日寻芳泗水滨，无边光景一时新。
等闲识得东风面，万紫千红总是春。

【赏析】

诗人心中有个美好的梦想，在一个风和日丽的日子，在曲阜的泗水边畅快地欣赏春天的美景，沉醉在无穷无尽、焕然一新的风光里。我们每个平常人，都可以看出春天的面貌，在它的滋养下百花开放、万紫千红的春天景致。全诗运用比喻修辞手法，表达人沉醉在圣贤的语言文字当中，点亮心中充满生命和希望的百花园。

míng yuè qīng fēng
明月清风

释义：比喻一个人清闲无事。

西江月·夜行黄沙道中

［宋］ 辛弃疾

明月别枝惊鹊，清风半夜鸣蝉。
稻花香里说丰年，听取蛙声一片。
七八个星天外，两三点雨山前。
旧时茅店社林边，路转桥头忽见。

【小传】

辛弃疾（1140—1207），字幼安，号稼轩，济南府历城（今山东省济南市）人。南宋豪放派词人的著名代表，与苏轼合称“苏辛”。

【赏析】

明月东升，白光从树枝间穿过，惊起了枝头的喜鹊，傍晚凉风阵阵，带来了远处的蝉叫声。水田中一阵阵的稻花香气，此起彼伏的青蛙叫声，似乎在预示着今秋的丰收。天空中一时又飘过几缕乌云，只有稀疏的星星在闪烁着，忽明忽暗，接着山前下起了淅淅沥沥的小雨。面对不期而遇的雨，心中正满是焦虑，从山岭小路转过弯，土地庙旁的乡村客店就在眼前。心灵世界一转念，世界或许就会呈现出不同的面貌。

mǎn yuán chūn sè
满园春色

释义：满园都是春天的景色，比喻欣欣向荣的景象。

游园不值

［宋］ 叶绍翁

应怜屐齿印苍苔，小扣柴扉久不开。
春色满园关不住，一枝红杏出墙来。

【小传】

叶绍翁（1194？—？），字嗣宗，号靖逸，处州龙泉（今浙江省丽水市）人，南宋中期文学家、诗人。

【赏析】

也许是主人担心访客的木屐踩坏他家薄嫩的青苔，访客轻轻地敲打柴门许久，也始终无人应答。可这满院子的春色，怎能轻易被一扇门、一道墙，闭锁在狭小的园子里？你看，已经有一支绽放的红杏，朝园外探出美丽的脸庞，像是在向世界宣告春天的来临。从这一枝盛开的红杏中，诗人仿佛已经领略到满园热闹的春色，感受到绚丽的春光了。春色在这么一“关”一“出”之间，冲破围墙，溢出园外，显示出一种蓬蓬勃勃、关锁不住的生命力。

吴昌硕《秾艳灼灼云锦鲜》

海枯石烂

hǎi kū shí làn

海 枯 石 烂

释文：形容意志坚定，永不改变。

摸鱼儿

[金] 元好问

问莲根、有丝多少，莲心知为谁苦？双花脉脉娇相向，只是旧家儿女。天已许。甚不教、白头生死鸳鸯浦？夕阳无语。算谢客烟中，湘妃江上，未是断肠处。

香奁梦，好在灵芝瑞露。人间俯仰今古。海枯石烂情缘在，幽恨不埋黄土。相思树，流年度，无端又被西风误。兰舟少住。怕载酒重来，红衣半落，狼藉卧风雨。

【小传】

元好问（1190—1257），字裕之，号遗山，世称“遗山先生”。太原秀容（今山西省忻州市）人。金末至蒙元时期著名文学家、历史学家。

【赏析】

莲藕有多少根须？莲心的苦，又为谁而苦？并蒂莲的花，含情脉脉地相互对望，或许它们就是古代那对为情而投水自尽的痴情男女的化身吧？老天为何如此不公，不让相爱的人白头偕老，却让他们死于鸳鸯双栖的水塘中，夕阳西下，从此默默无语。而谢灵运所游的名山胜水，潇湘妃子殉情的湘江楚水，都还算不上真正的儿女断肠处。恋人长相厮守的美好心愿，就像灵芝仙草与吉祥晨露一样美好。哪怕历经人世磨难沉浮，任凭海枯石烂，也掩藏不住他们对永恒情缘的坚守。

就算被害死去的韩凭夫妇所化的相思树，随着时光的流逝，又无缘无故地被秋风所摧残，但美好的真情，还是永远值得去追寻。精美的小船，请稍停一停，再看一眼这并蒂莲吧，以免将来载酒重来时，它红红的花瓣已经飘零凋谢，散乱在风雨之中了，你再也无缘赏识了。

fěn shēn suì gǔ
粉 身 碎 骨

释义：比喻为了某种目的而丧失生命。

石灰吟

［明］ 于 谦

千锤万凿出深山，烈火焚烧若等闲。
粉骨碎身全不怕，要留清白在人间。

【小传】

于 谦（1398—1457），字廷益，号节庵，杭州府钱塘县（今浙江省杭州市）人，明朝著名政治家、军事家。

【赏析】

经过千万次锤打，石灰石才从深山里被开采出来，再经过熊熊烈焰的煅烧，才能制成石灰。你看，石灰石即使在熊熊烈火的焚烧中，也显得那么从容不迫，视若等闲，就好像一位有品格的志士仁人，无论面临着怎样严峻的考验，甚至粉身碎骨也毫不惧怕。人要像石灰石一样，即使经历千难万险，也要堂堂正正、清清白白地做个顶天立地的人。

wàn mǎ qí yīn
万 马 齐 喑

释义：千万匹马都沉寂无声，比喻人们都沉默，不说话，不发表意见，形容局面沉闷。

bù jū yī gé
不 拘 一 格

释义：不局限于一种规格或一个格局。

己亥杂诗

［清］ 龚自珍

九州生气恃风雷，万马齐喑[1]究可哀。
我劝天公重抖擞，不拘一格降人才。

【小传】

龚自珍（1792—1841），字璱人，号定盦。杭州府仁和（今浙江省杭州市）人。清代中后期著名思想家、文学家。

【注释】

1. 喑（yīn）：哑，不能说话。

【赏析】

晚清的天下，充满腐朽、残酷，思想被禁锢，人才被扼杀，到处是昏沉、庸俗、愚昧，一片死寂，令人窒息。这个社会需要的是像疾风迅雷般的改革，需要新兴的力量，让她重新恢复朝气。在这急需勇敢革新人才的时代，真希望朝廷能重新振作精神，不拘一格地招贤纳士，建设一个崭新的世界！

李唐《濠梁秋水图》

草长莺飞

cǎo zhǎng yīng fēi

释义：形容江南暮春的景色。

村居

［清］高 鼎

草长莺飞二月天，拂堤杨柳醉春烟。

儿童散学归来早，忙趁东风放纸鸢①。

【小传】

高 鼎，大约生活于咸丰年间（1851—1862），字象一、拙吾。浙江仁和（今浙江省杭州市）人，清末诗人。

【注释】

1. 纸鸢（yuān）：一种纸做的形状像老鹰的风筝，这里泛指风筝。

【赏析】

早春二月，万物复苏，一片欣欣向荣的景象，小草长出了嫩绿的芽儿，黄莺在天上飞着，欢快地歌唱。水边的杨柳，枝条柔软细长，轻轻地拂扫着堤岸，仿佛是陶醉在春天的朦胧烟雾里，漫步轻摇。早早放学回家的孩子们，也被这风和日丽的好天气打动了，赶紧放起风筝来。朝气蓬勃、自由自在的孩子，就像这春天的杨柳、花草，都是蓬勃生命的最好象征，正是他们的欢声笑语，让世界充满生机与希望。

李嵩《明皇斗鸡图》

céng lín jìn rǎn
层 林 尽 染

释义：山上一层层的树林经霜变红，像染过一样。

bǎi gě zhēng liú
百 舸 争 流

释义：众多大船在江面上争光行驶。

zhēng róng suì yuè
峥 嵘 岁 月

释义：形容不平凡的年代。

fēng huá zhèng mào
风 华 正 茂

释义：风采和才华最美好的时候。

zhǐ diǎn jiāng shān
指 点 江 山

释义：对国家大事表达高远的评论。

沁园春·长沙

［现代］ 毛泽东

独立寒秋，湘江北去，橘子洲头。
看万山红遍，层林尽染；漫江碧透，百舸[1]争流。
鹰击长空，鱼翔浅底，万类霜天竞自由。

怅寥廓，问苍茫大地，谁主沉浮？
携来百侣曾游，忆往昔峥嵘岁月稠。
恰同学少年，风华正茂；书生意气，挥斥方遒。
指点江山，激扬文字，粪土当年万户侯。
曾记否，到中流击水，浪遏飞舟？

【小传】

毛泽东（1893—1976），字润之，湖南省湘潭市人。马克思主义者，伟大的无产阶级革命家、战略家和理论家，中国共产党、中国人民解放军和中华人民共和国的主要缔造者和领导人，诗人、书法家。

【注释】

1. 舸（gě）：大船。

【赏析】

深秋季节，诗人独自一人站在这橘子洲头，望着向北奔流的滔滔湘江，深秋的枫林，把远处的山峦染得一片火红，近处碧绿的江水之上，一艘艘大船争先恐后，乘风而行。苍鹰在空中翱翔，群鱼在水里闲游，世间万物，都是如此自由自在！面对辽阔广大的宇宙天地，请问，这一些美好自由的景象，是谁创造的呢？回想起我们青春年少之时，经常携手结伴来到这里漫游，纵论天下大势，激浊扬清的文章里，傲视群雄，是何等意气奔放！又可曾记得，在江水急流中游泳，那激起的无数浪花，几乎挡住了疾驰行船的壮怀激烈？

hóng zhuāng sù guǒ
红装素裹

释义：形容雪后天晴，红日和白雪相映衬的景色。

fēng liú rén wù
风流人物

释义：对一个时代有很大影响的人物。也用指举止潇洒的人。

沁园春　雪

［现代］　毛泽东

北国风光，千里冰封，万里雪飘。
望长城内外，惟余莽莽；大河上下，顿失滔滔。
山舞银蛇，原驰蜡象，欲与天公试比高。
须晴日，看红装素裹，分外妖娆。

江山如此多娇，引无数英雄竞折腰。
惜秦皇汉武，略输文采；唐宗宋祖，稍逊风骚。
一代天骄，成吉思汗，只识弯弓射大雕。
俱往矣，数风流人物，还看今朝。

【赏析】

北国的冬天，雪花飞舞，处处都覆盖着厚厚的冰雪，留下一片无边无际白茫茫的景象。曾经奔流的大河，也不再有滚滚的波涛。连绵的群山，就像一条条银白的蛇，蜿蜒向前，座座的高原，宛如无数白象，四处奔跑。远处尽头，它们好像都要奔向天空之上，似乎要与苍天一比高低。等到晴天之时，红日和白雪交相辉映，显得格外娇艳壮丽。江山是如此娇媚，引得古往今来无数英雄竞相为之倾倒。可是，就算历史上那些堪称雄才大略的帝王，不论是秦始皇、汉武帝，还是唐太宗、宋太祖，或者是成吉思汗，论文治武功、德行谋略，总是难免有所欠缺。历史已经远去，真正称得上顶天立地的英雄豪杰，还要数今天创造历史的，我们伟大的人民！

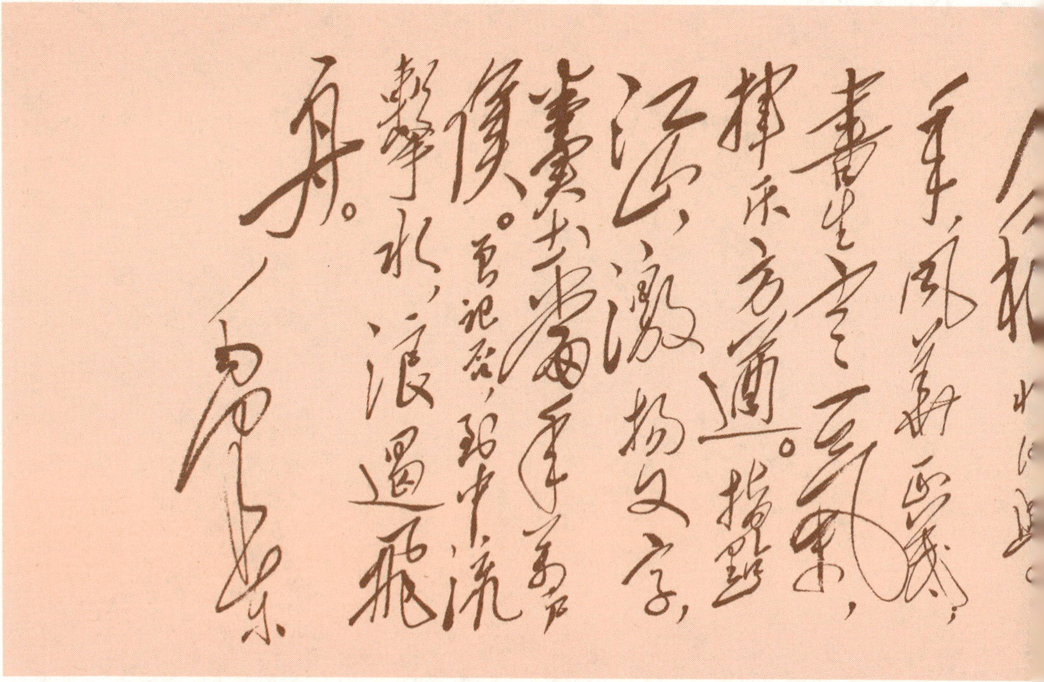
年，风华正茂；书生意气，挥斥方遒。指点江山，激扬文字，粪土当年万户侯。曾记否，到中流击水，浪遏飞舟。
毛泽东

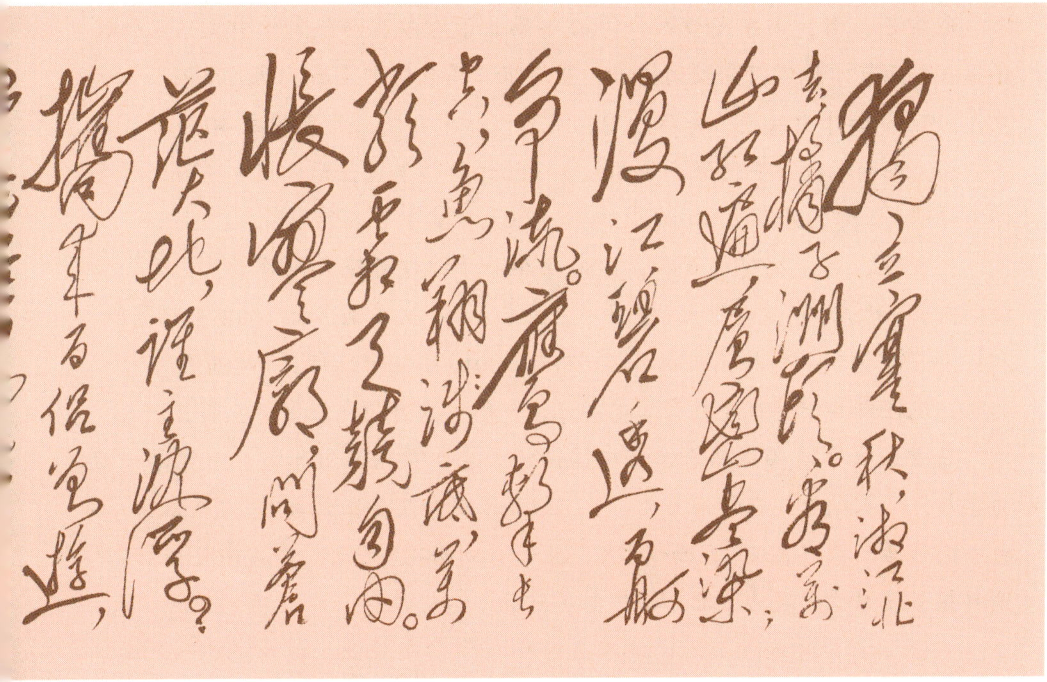
独立寒秋，湘江北去，橘子洲头。看万山红遍，层林尽染；漫江碧透，百舸争流。鹰击长空，鱼翔浅底，万类霜天竞自由。怅寥廓，问苍茫大地，谁主沉浮？携来百侣曾游，

毛泽东《沁园春·长沙》

编者简介

顾问：

赵宗乙，男，山东龙口人，1986年毕业于哈尔滨师范大学中文系。曾任齐齐哈尔师范学院黑河分校副校长，黑河市二届政协副主席，九届全国人大代表，1997年晋升为教授，先后于国家及省级学术刊物上发表论文40多篇。出版专著《淮南子译注》《淮南子札记》《论语解读》《论语札记》《说文解字部首详解》5部，另有主编、副主编《通假大字典》等6部图书。

赵榕生，男，福建福州人，1980年毕业于福建师范大学政教系，曾任乡镇副镇长、镇长、镇党委书记、副区长、区委常委、区委副书记、纪委书记等职。2012年任宁德市教育局党组副书记、局长，2016年任宁德市教育局党组书记、局长，现任中共宁德市委教育工委书记，宁德市教育局党组书记、局长。

陈更，女，陕西咸阳人，《中国诗词大会》第四季冠军，北京大学一般力学与力学基础专业在读博士生，全国妇联家庭和儿童工作部"'书香飘万家'亲子阅读活动推广大使"。畅销书《几生修得到梅花》作者，作品曾发表于《光明日报》等媒体，现为《北京晚报》《意林》专栏作者。

彭敏，男，湖南衡阳人，北京大学中文系硕士毕业，现为《诗刊》杂志社编辑部副主任。曾获人民文学短篇小说年度新人奖、《中国成语大会》冠军、《中国诗词大会》第五季冠军。出版励志散文集《被嘲笑过的梦想，总有一天会让你闪闪发光》，经营公众号"彭敏先森"。

主编：

阮蔚蕉，男，福建罗源人，主任编辑，1960年毕业于福建师范学院中文系。长期坚持中国古诗词研究。已出版编著《不读诗何以解茶 · 历代茶诗选注》《诗出有茗 · 福建茶诗选注》等8部图书。论文《唐五代福建诗人初识》《关于中国最早的涉茶诗》等30余篇散见于海内外报刊。

常务副主编：

谢兆文，男，福建罗源人，1991 年毕业于福建师范大学教育系，历任大中专教师，长期坚持中国汉字规范书写与中国古诗词研究。现任宁德市人民政府教育督导室督学，宁德市语言文字工作委员会办公室主任。多次组织、辅导并带队参加《中国诗词大会》《中国汉字听写大会》《汉字风云会》等。

副主编：

杨秀芳，女，福建古田人，福建省作家协会会员，海子诗社、北美国际诗社等十多家诗社会员。高级教师，专长古诗词和地方古楹联研究，长期致力于散文和诗歌创作，一千多件作品发表于各杂志、刊物以及网络媒体。

温志拔，男，南京大学文学博士，福建师范大学福清分校汉语言文学专业主任，副教授，硕士生导师。曾主持 2013 年度国家社会科学基金项目《南宋考据学研究》，第 54 批中国博士后科学基金一等面上资助项目《两宋之际的学术世界》，并于 2014 年、2017 年先后入选“福建省青年杰出科研人才支持培育计划”“福建省高校新世纪优秀人才支持计划”。

主要参考书目

【1】逯钦立．先秦汉魏晋南北朝诗 [M]. 北京：中华书局，1983.

【2】[清] 彭定求．全唐诗 [M]. 上海：上海辞书出版社，1986.

【3】陈尚君．全唐诗补编 [M]. 北京：中华书局，1992.

【4】张璋，黄畬．全唐五代词 [M]. 上海：上海古籍出版社，1986.

【5】傳璇琮．全宋诗 [M]. 北京：北京大学出版社，1991.

【6】吴之振．宋诗钞 [M]. 北京：中华书局，1986.

【7】唐圭璋．全宋词 [M]. 北京：中华书局，1986.

【8】[清] 张豫章．御选宋金元明四朝 四库全书钞本．

【9】钱仲联，章培恒，陈祥耀，等．元明清诗鉴赏辞典(清．近代)[M]. 上海：上海辞书出版社，1994.

【10】周振甫．诗经译注 [M]. 北京：中华书局，2002.

【11】姜亮夫，夏传才，赵逵夫，等．先秦诗鉴赏辞典 [M]. 上海：上海辞书出版社，1998.

【12】吴小如，王运熙，章培恒，等．汉魏六朝诗鉴赏辞典 [M]. 上海：上海辞书出版社，1992.

【13】萧涤非，程千帆，马茂元，等．唐诗鉴赏辞典 [M]. 上海：上海辞书出版社，1983.

【14】缪钺，霍松林，周振甫，等．宋诗鉴赏辞典 [M]. 上海：上海辞书出版社，1986.

【15】贺新辉，霍松林，等．宋诗鉴赏辞典 [M]. 北京：北京燕山出版社，1987.

【16】周汝昌，唐圭璋，宛敏灏，等．唐宋词鉴赏辞典 [M]. 上海：上海

辞书出版社，1988.

【17】钱仲联，章培恒，陈祥耀，等.元明清诗鉴赏辞典(辽.金.元.明)[M].上海：上海辞书出版社，1994.

图书在版编目(CIP)数据

成语飞花令/谢兆文,温志拔编著.—福州:海峡文艺出版社,2019.8(2022.10 重印)
(《诗词大赛系列宝典》丛书)
ISBN 978-7-5550-1873-5

Ⅰ.①成… Ⅱ.①谢…②温… Ⅲ.①古典诗歌—诗歌欣赏—中国②汉语—成语—通俗读物 Ⅳ.①I207.2②H136.31—49

中国版本图书馆 CIP 数据核字(2019)第 100631 号

《诗词大赛系列宝典》丛书
成语飞花令

谢兆文 温志拔 编著
责任编辑 何 莉
出版发行 海峡文艺出版社
经　　销 福建新华发行(集团)有限责任公司
社　　址 福州市东水路 76 号 14 层 **邮编** 350001
发 行 部 0591—87536797
印　　刷 中闻集团福州印务有限公司 **邮编** 350001
厂　　址 福州市鼓楼区鼓屏路 33 号
开　　本 720 毫米×1000 毫米 1/16
字　　数 200 千字
印　　张 9.5
版　　次 2019 年 8 月第 1 版
印　　次 2022 年 10 月第 5 次印刷
书　　号 ISBN 978-7-5550-1873-5
定　　价 25.00 元